Fußball
TOTAL

Die Originalausgabe ist bei Carlton Books Limited erschienen
Titel der Originalausgabe:
Football Record Breakers

Autor: Clive Gifford
Fachliche Beratung: Anthony Hobbs
Lektorat: Simon Mugford, Russell McLean
Grafik: Dani Lurie
Design: Zoë Dissell
Herstellung: Charlotte Cade

Aus dem Englischen von Andreas Hoffmann,
Punktum Verlags-Service
Fachliche Beratung: Theo Grünewald

ISBN 978-3-8458-0969-4

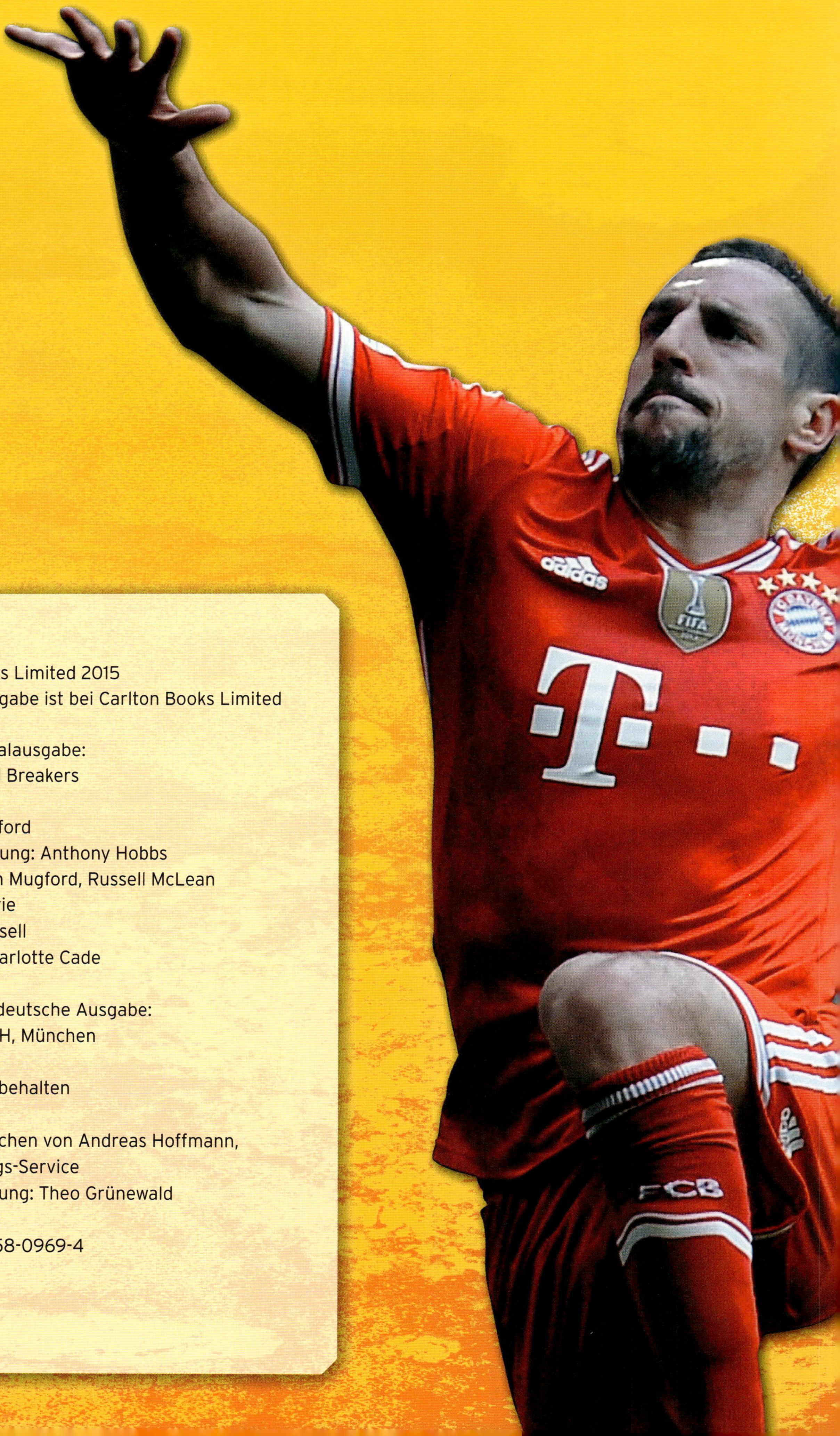

Fußball TOTAL

Clive Gifford

TORE! REKORDE! SENSATIONEN!

arsEdition

Inhaltsverzeichnis

Fußball total ★★★★★★

Planet Fußball

Fußball ist die beliebteste Mannschaftssportart der Welt. Zigmillionen Menschen spielen selbst aktiv Fußball, und noch weitaus mehr verfolgen das Fußballgeschehen live in den Stadien, an den Radio- und Fernsehgeräten oder im Internet. Fußball findet auf dem ganzen Planeten statt, denn jede Nation verfügt über ihren eigenen Fußballverband, der für die Organisation ihrer Wettbewerbe und Mannschaften zuständig ist. Diese Fußballverbände sind wiederum in größeren Einheiten organisiert, den Kontinentalverbänden oder »Konföderationen«. Ihnen obliegt die Veranstaltung von kontinentalen Wettbewerben wie z. B. der UEFA Champions League oder des CONCACAF Gold Cup.

FIFA

Vollständiger Name: Fédération Internationale de Football Association (Internationale Föderation des Verbandsfußballs)
Sitz: Zürich, Schweiz

Die FIFA wurde 1904 in Paris gegründet und ist der Weltverband des Fußballs. Sie vergibt die Ausrichtungsrechte für die großen internationalen Turniere wie z. B. die U-17-Weltmeisterschaft, den Konföderationen-Pokal und natürlich die Weltmeisterschaft und die Frauen-Weltmeisterschaft. Die FIFA Weltmeisterschaft wurde während der Amtszeit von Jules Rimet eingerichtet. Der Franzose war der FIFA-Präsident, der bisher am längsten im Amt war (1921–1954).

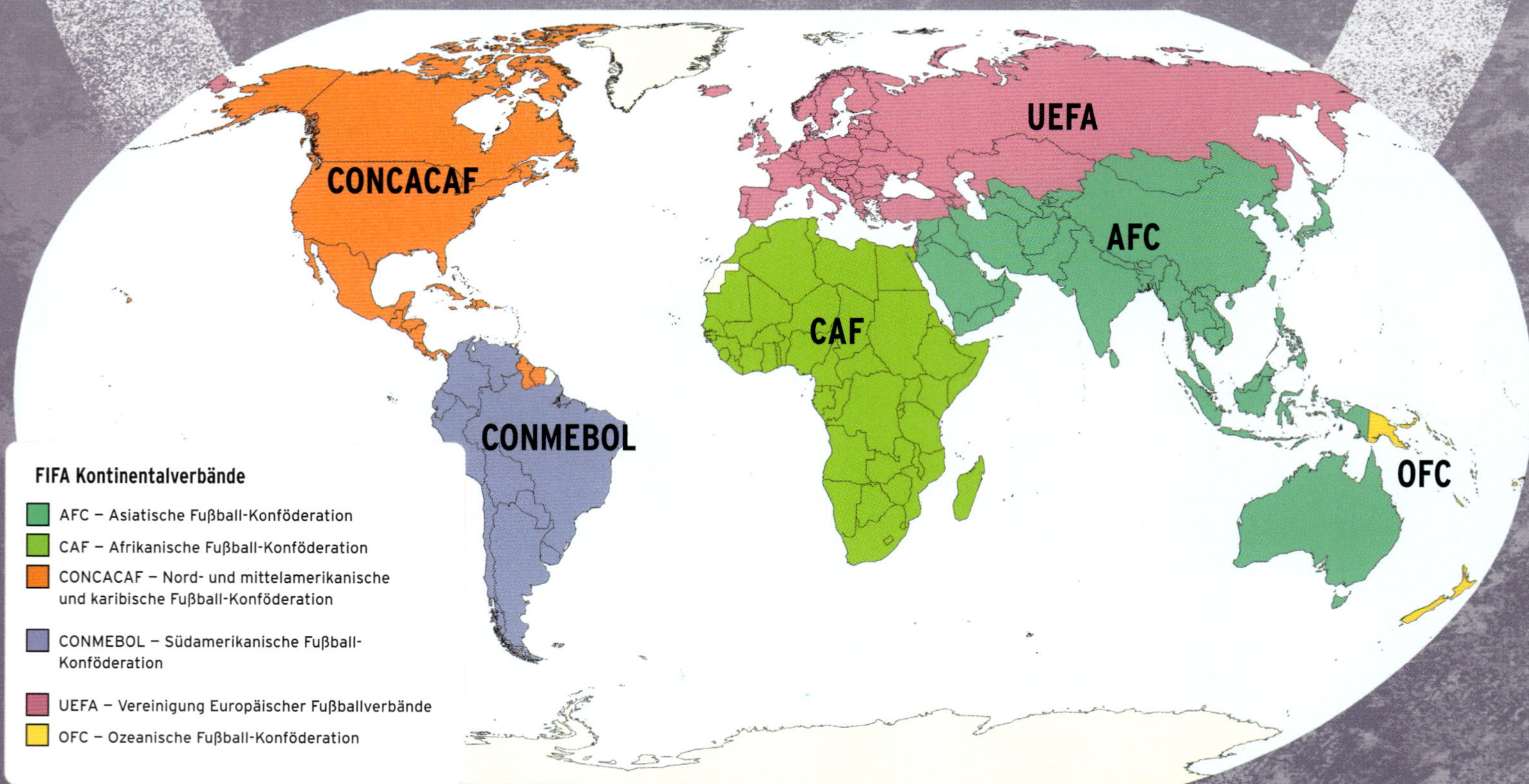

AFC

Vollständiger Name: Asian Football Confederation (Asiatische Fußball-Konföderation)
Sitz: Kuala Lumpur, Malaysia

Die AFC wurde 1954 auf den Philippinen gegründet. Die Zahl ihrer Mitgliedsverbände wuchs von anfangs zwölf auf heute 47, darunter so kleine Länder wie die Nördlichen Marianen, die kaum 60 000 Einwohner zählen, und so große wie China, das von 1,4 Milliarden Menschen bewohnt wird. Kasachstan war von 1998 bis 2002 auch Mitglied der AFC, wechselte dann aber zur UEFA. Die AFC hält für Vereinsmannschaften die Asiatische Champions League und für Nationalmannschaften die Asienmeisterschaft bzw. die Frauen-Asienmeisterschaft ab.

CONMEBOL

Vollständiger Name: Confederación Sudamericana de Fútbol (Südamerikanische Fußball-Konföderation)
Sitz: Luque, Paraguay

Die CONMEBOL wurde 1916 gegründet und ist die älteste Fußball-Konföderation. Sie hat mit nur zehn Verbänden auch die wenigsten Mitglieder, doch darunter befinden sich Fußballgiganten wie Argentinien und Brasilien. Mitgliedsverbände der CONMEBOL haben den Konföderationen-Pokal schon fünfmal und die Weltmeisterschaft schon neunmal gewonnen. Die Konföderation hält für die führenden südamerikanischen Vereinsmannschaften die hart umkämpfte Copa Libertadores und für Nationalmannschaften die Copa América ab.

CAF

Vollständiger Name: Confédération Africaine de Football (Afrikanische Fußball-Konföderation)
Sitz: Madinat as-Sadis min Uktubar (»Stadt des 6. Oktober«), Ägypten

1957 gründeten Südafrika, der Sudan, Ägypten und Äthiopien die CAF, die heute auf über 50 Mitgliedsländer angewachsen ist. Die Konföderation hält Turniere für unterschiedliche Altersgruppen ab, darunter auch U-17- und U-21-Wettbewerbe. Ihre wichtigsten Veranstaltungen sind jedoch die Afrikanische Champions League, die 2013 vom ägyptischen Verein al Ahly gewonnen wurde, und für Nationalmannschaften die attraktive und oft höchst spannende Afrikameisterschaft.

UEFA

Vollständiger Name: Union of European Football Associations (Vereinigung Europäischer Fußballverbände)
Sitz: Nyon, Schweiz

Die UEFA, der über 50 nationale Fußballverbände aus Europa angehören, wurde 1954 gegründet. Ihre Mitgliedsländer haben schon elfmal den Weltmeister gestellt. Die UEFA hält Vereinswettbewerbe wie die Europa League oder die Champions League ab, führt aber auch Länderwettbewerbe wie die Europameisterschaft durch. Der EM-Rekordtorschütze Michel Platini ist seit 2007 Präsident der Konföderation.

CONCACAF

Vollständiger Name: Confederation of North, Central America and Carribbean Association Football (Nord- und mittelamerikanische und karibische Fußball-Konföderation)
Sitz: Miami, USA

Die CONCACAF wurde 1961 gegründet und besteht aus 41 Mitgliedsverbänden. Dazu zählen u. a. Länder aus Mittelamerika wie Costa Rica und Honduras, Karibiknationen wie Jamaika und Trinidad und Tobago sowie die drei nordamerikanischen Fußballschwergewichte USA, Mexiko und Kanada. Außerdem gehören der Konföderation mit Suriname und Guyana auch zwei Länder an, die auf dem südamerikanischen Kontinent liegen.

OFC

Vollständiger Name: Oceania Football Confederation (Ozeanische Fußball-Konföderation)
Sitz: Auckland, Neuseeland

Die OFC ist die kleinste Konföderation und besteht nur aus elf Vollmitgliedern und drei assoziierten Landesverbänden (Kiribati, Niue und Tuvalu). Sie wurde 1966 gegründet, aber erst 1996 als eine Konföderation der FIFA anerkannt. Zehn Jahre später verließ sie mit Australien ihr größter Mitgliedsverband und schloss sich der Asiatischen Fußball-Konföderation an.

TEIL 1: VEREINSFUSSBALL

Mit der Bildung von Vereinen hat der Wettkampffußball im England des 19. Jahrhunderts seinen Anfang genommen. Sheffield FC gilt als der älteste noch existierende Fußballverein. Er wurde 1857 gegründet und bestritt drei Jahre später mit einer Partie gegen den örtlichen Rivalen FC Hallam das allererste Derby überhaupt. Seither wurden auf der ganzen Welt Tausende von Fußballvereinen ins Leben gerufen. Die Bandbreite der Wettbewerbe, an denen sie teilnehmen, reicht von kleinen Amateurkonkurrenzen bis hin zu den Weltklasse-Ligen in Europa, Südamerika und Asien.

Das Finale der UEFA Champions League ist der Gipfel des Vereinsfußballs. Beim 4:1-Sieg von Real Madrid gegen Atlético Madrid gab es im Endspiel von 2014 u. a. folgende neue Rekorde: Zum einen war es für Real der zehnte Titelgewinn im Europapokal der Landesmeister bzw. in der UEFA Champions League – kein Verein hat mehr erreicht. Zum anderen erhöhte Cristiano Ronaldo sein Torkonto auf 17 Treffer – kein anderer hat in einer Champions-League-Saison öfter getroffen!

Die Premier League

Die englische Fußball-Liga wurde 1882 unter dem Namen »The Football League« gegründet. 1992 lösten sich die 22 Mannschaften ihrer obersten Ebene von ihr und bildeten mit der »FA Premier League« die höchste englische Spielklasse. Seither haben schon über 45 Vereine in ihr gespielt. Aktuell kämpfen während einer Spielzeit 20 Vereine um den Meistertitel. Anders als es ihr Name vermuten lässt, waren auch schon zwei Mannschaften aus Wales Teilnehmer der Liga: Swansea City und Cardiff City. Die Spiele der Premier League werden weltweit in über 650 Millionen TV-Haushalte übertragen – damit ist sie die weltweit meistgesehene Fußball-Liga. Ihr bisher erfolgreichster Verein ist Manchester United: Bereits 13-mal hat er den Meistertitel geholt; in der Saison 2013/14 schloss er jedoch das Titelrennen zum allerersten Mal nicht mit einem der ersten drei Tabellenplätze ab.

13. April 2014: Beim Spiel gegen den Titelrivalen Manchester köpft Javi García vom FC Liverpool (oben) den Ball in Richtung gegnerisches Tor. Sein Team gewann die Partie schließlich mit 3:2. Manchester City kam im Titelrennen jedoch wieder zurück und sicherte sich schließlich seinen zweiten Meistertitel. Die beiden Mannschaften erzielten in dieser Spielzeit jeweils über 100 Treffer – es war das erste Mal, dass zwei Premier-League-Mannschaften dieses Kunststück gelungen ist.

Premier League: Mannschaften

Die Unbesiegbaren

2003/04 blieb Arsenal London mit 26 Siegen und 12 Unentschieden die ganze Saison lang ungeschlagen. Tragende Säulen der Mannschaft waren im Sturm Thierry Henry (links), der 30-mal traf, und im Tor Jens Lehmann, der als einziger Spieler alle 38 Saisonpartien bestritt. Es war seit über einem Jahrhundert wieder das erste Mal gewesen, dass eine Mannschaft des englischen Fußballoberhauses eine ganze Saison lang ungeschlagen geblieben war – das letzte Mal war das Preston North End in der Spielzeit 1888/89 gelungen.

Gewinner und Verlierer

Der FC Chelsea hat es schon zweimal geschafft, in 29 von 38 Saisonpartien siegreich zu sein – mehr Saisonsiege hat in der Premier League noch kein anderer Verein zustande gebracht. Beide Male – 2004/05 und 2005/06 – war José Mourinho als Trainer verantwortlich. Derby County hält den Rekord für die wenigsten Saisonsiege: 2007/08 gelang ihm nur ein einziger Sieg – das 1:0 zu Hause gegen Newcastle United. Die Punkteausbeute des Vereins war in dieser Saison mit nur 11 Zählern die niedrigste, die es je in einer Premier-League-Spielzeit gegeben hat.

Torrekorde

Mit 103 Toren in der Spielzeit 2009/10 hält der FC Chelsea den Rekord für die meisten Saisontore; beinahe einstellen konnte ihn Manchester City in der Saison 2013/14 mit 102 Treffern. Der Londoner Verein hält außerdem immer noch den Rekord für die wenigsten Gegentreffer: 15 Stück in der Spielzeit 2004/05. Swindon Town kassierte dagegen 1993/94 100 Gegentreffer, und der AFC Sunderland kann auf die längste Niederlagenserie in der Geschichte der Premier League »stolz sein«: 2002/03 unterlag er 15-mal hintereinander.

Die besten Vereine

Arsenal London ist einer von bisher nur fünf Vereinen, der die Premier League seit ihrer Einführung (1992/93) gewinnen konnte. Die anderen vier sind Manchester City (unten), die Blackburn Rovers, der FC Chelsea und Manchester United. Letzterer hält mit den 89 Zählern, die er in der Saison 2011/12 einfuhr, auch den Rekord für den Verein mit den meisten Saisonpunkten ohne gleichzeitigen Titelgewinn. Den Rekord für die meisten Saisonpunkte hält der FC Chelsea: Als er 2004/05 die Liga gewann, schloss er mit 95 Zählern ab.

Am Ende der Spielzeit 2012/13 feiert Manchester United den Gewinn seines 13. Premier-League-Titels. In der Saison blieb die Mannschaft 18-mal in Folge ungeschlagen.

Die meisten Siege und Punkte in der Premier League

Mannschaft	Siege	Punkte
Manchester United	547	1816
Arsenal London	460	1601
FC Chelsea	448	1559
FC Liverpool	442	1479
Tottenham Hotspur	336	1227

Premier League: Spieler

Schier unglaublich

Den Torrekord der Premier League hält mit 260 Treffern Alan Shearer. Er spielte von 1992 bis 1996 bei den Blackburn Rovers und wechselte dann für die damalige Rekordtransfersumme von ca. 15 Millionen Pfund zu Newcastle United. Shearer hält mit 11 Stück auch den Rekord für die meisten Premier-League-Dreierpacks.

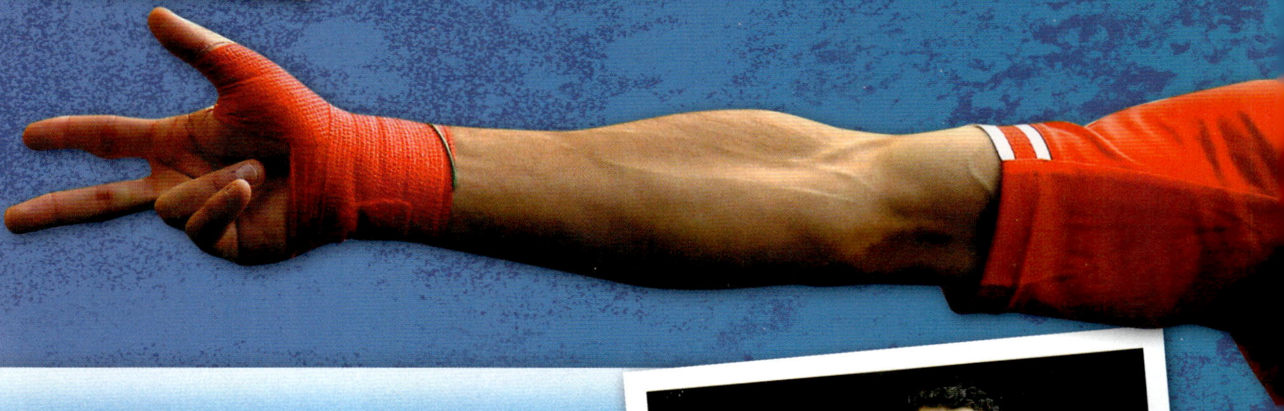

Ryans Rekorde

Kein Spieler hat mehr Premier-League-Partien absolviert als Ryan Giggs: 632-mal lief er für Manchester United auf. Der Flügelspieler aus Wales, der zum Ende der Saison 2013/14 Interimstrainer und zu Beginn der Spielzeit 2014/15 Cotrainer des neuen Coachs Louis van Gaal wurde, hat mit 13 Meisterschaften auch die bisher meisten Premier-League-Titel geholt. Er ist außerdem der einzige Spieler, der in jeder der ersten 21 Premier-League-Spielzeiten als Torschütze erfolgreich war.

Rekordtorschützen der Premier League

Name	Tore	Spiele
Alan Shearer	260	434
Andrew Cole	189	408
Thierry Henry	175	258
Wayne Rooney	173	374
Frank Lampard	171	564

Der US-amerikanische Torhüter Brad Friedel hält mit sage und schreibe 310 Spielen den Rekord für die meisten Premier-League-Einsätze in Folge. Von August 2004 bis Oktober 2012 bestritt er jede Ligapartie des Vereins, bei dem er gerade unter Vertrag stand.

Torrekorde

Der Tottenham-Hotspur-Verteidiger Ledley King hat das bisher schnellste Tor der Premier League erzielt: In der Partie gegen Bradford City erzielte er am 9. Dezember 2000 nur 9,7 Sekunden nach dem Anstoß den Führungstreffer. Mit Jermain Defoe hält ein weiterer Tottenham-Spieler einen anderen Rekord: 2009 schoss er gegen Wigan Athletic in nur einer Halbzeit fünf Tore. Seine Mannschaft gewann das Spiel schließlich mit 9:1. Das ist nach der 9:0-Packung, die Manchester United 1995 Ipswich Town verpasste, auch der bisher zweithöchste Kantersieg der Premier League.

Eingenetzt

Alan Shearer und Andrew Cole sind mit je 34 Saisontreffern gemeinsam die besten Torschützen der Premier-League-Spielzeiten, in denen noch 22 Mannschaften um den Ligatitel rangen. Die besten Torschützen des gegenwärtigen Ligaformates mit 20 Mannschaften sind mit je 31 Treffern Alan Shearer (1995/96), Cristiano Ronaldo (2007/08) und Luis Suárez (vom FC Liverpool, links, 2013/14). Der »beste« Eigentorschütze der Premier League ist Richard Dunne: Schon zehnmal hat er den Ball im eigenen Kasten versenkt.

Premier League: Weitere Rekorde

Schiris und Verwarnungen

Michael Oliver (oben) ist der bisher jüngste Schiedsrichter der Premier League: Als er 2010 die Begegnung zwischen Birmingham City und den Blackburn Rovers leitete, war er 25 Jahre und 182 Tage alt. Der Mittelfeldspieler Lee Bowyer und der Stürmer Kevin Davies haben den Unparteiischen bisher am häufigsten Anlass zum Griff nach der Gelben Karte gegeben: Sie wurden beide je 99-mal verwarnt.

Trainerkarussell

Zwei Trainer haben schon bei je fünf verschiedenen Premier-League-Klubs gearbeitet: Harry Redknapp (West Ham United, FC Southampton, FC Portsmouth, Tottenham Hotspur) und Mark Hughes (Blackburn Rovers, Manchester City, FC Fulham, Stoke City) coachten auch beide in der Spielzeit 2012/13 die Queens Park Rangers, wobei Redknapp die Nachfolge von Hughes antrat, nachdem der in den ersten zwölf Saisonpartien keinen einzigen Sieg mit der Mannschaft hatte landen können.

Erstes und spätestes Tor

Das allererste Premier-League-Tor erzielte Brian Deane von Sheffield United 1992 im Spiel gegen Manchester United. Das bisher späteste Tor einer Premier-League-Partie wurde 2011 bei einer Begegnung zwischen Arsenal London und dem FC Liverpool erzielt. Weil der Liverpool-Abwehrspieler Jamie Carragher lange behandelt worden war, ließ der Schiedsrichter sehr viel nachspielen. Dirk Kuyt (rechts) verwandelte dann zwölf Minuten nach dem Ende der regulären Spielzeit einen Strafstoß zum 1:1-Endstand.

Gute Siegquoten

Der ehemalige Arsenal-Verteidiger Pat Rice gewann alle drei Partien, bei denen er 1996 als Interimstrainer die Verantwortung trug. Jim Barron (Aston Villa) und John Carver (Newcastle United) können ebenfalls eine hundertprozentige Erfolgsbilanz vorweisen, jedoch waren beide nur bei einem einzigen Spiel als Trainer im Einsatz. Von den Trainern, die bei mehr als zehn Partien die Verantwortung trugen, ist prozentual gesehen Guus Hiddink der erfolgreichste: 2009 konnte er beim FC Chelsea aus 13 Ansetzungen elf Siege einfahren – das ergibt eine Siegquote von 85 %.

Der Trainerkönig

Bisher konnte noch kein Engländer als Trainer die Premier League gewinnen. Sir Alex Ferguson (links), der bisher erfolgreichste Trainer der Liga, stammt aus Schottland und führte Manchester United in 21 Spielzeiten zu allen 13 Premier-League-Titeln, die der Verein bisher gewinnen konnte. Die Bilanz von Ferguson mit Manchester sieht wie folgt aus: 808 Ligapartien mit 527 Siegen und nur 114 Niederlagen, also eine Siegquote von 65 %.

Die Fußball-Bundesliga

Die Fußball-Bundesliga wurde 1963 aus der Taufe gehoben. In der ersten Spielzeit kämpften 16 Mannschaften um den Meistertitel, den sich schließlich der 1. FC Köln sichern konnte. Im Jahr darauf wurde die Teilnehmerzahl auf 18 erhöht, und bisher haben bereits über 50 Mannschaften im deutschen Fußball-Oberhaus gespielt. Am Ende jeder Saison steigen die beiden Tabellenletzten in die zweite Bundesliga ab, während die beiden Tabellenersten der zweiten Liga in die erste aufsteigen. Ein weiterer Platz in der ersten Bundesliga wird über die Relegation ermittelt: Dabei treten der Tabellensechzehnte der ersten Liga und der Tabellendritte der zweiten Liga in Hin- und Rückspiel gegeneinander an. Gewinnt der Zweitligist das Doppel, steigt er auf und der Erstligist ab. Jede Bundesliga-Partie wird von durchschnittlich 43 000 Zuschauern besucht – damit hat die Fußball-Bundesliga den höchsten Zuschauerdurchschnitt weltweit.

Borussia Dortmund verfügt über das größte Stadion Deutschlands: Es bietet Platz für über 80 000 ergebene Fans. Der BVB war die erste Bundesliga-Mannschaft, die auch auf europäischer Ebene erfolgreich war: 1966 gewann er den Europapokal der Pokalsieger.

Bundesliga: Mannschaften

Der Rekordmeister

Der FC Bayern München gewann bisher am häufigsten die Bundesliga: Er konnte schon 23-mal (zuletzt 2013/14) das Titelrennen für sich entscheiden – und damit 18-mal häufiger als der zweiterfolgreichste Verein (Borussia Dortmund). Der FC Bayern ist bisher auch der einzige Bundesliga-Verein, der dreimal die Bundesliga dreimal hintereinander gewinnen konnte.

Titelverteidiger

Der FC Bayern München hat die Bundesliga keineswegs immer nach Belieben dominiert. 1968/69 gewann er sie zum ersten Mal, doch mit Borussia Mönchengladbach war es dann der Meister der darauffolgenden Saison, der den ersten Ligarekord aufstellen konnte: Die Fohlen holten den Titel erstmalig in der Saison 1970/71 und schafften es, ihn 1971/72 zu verteidigen.

Der FC Bayern München war in der Saison 2013/14 unbändig gut in Form: Er gewann 29 seiner 34 Bundesliga-Partien (neuer Rekord), wurde am 25. März 2014 bereits sieben Spieltage vor Saisonende Meister (ebenfalls neuer Rekord) und schloss die Tabelle mit einer Ausbeute von 90 Punkten ab – satte 19 Punkte mehr als der Vizemeister Borussia Dortmund.

Eintagsfliegen

In der über 50-jährigen Geschichte der Bundesliga haben bisher zwölf Mannschaften den Titel geholt, doch vier von ihnen gelang dies jeweils nur ein einziges Mal: Der TSV 1860 München war nur 1965/66 erfolgreich, Eintracht Braunschweig nur 1966/67, der 1. FC Nürnberg nur 1967/68 und der VfI Wolfsburg (links) nur 2008/09.

Die meisten Bundesliga-Meisterschaften

Mannschaft	Meisterschaften
FC Bayern München	23
Borussia Dortmund	5
Borussia Mönchengladbach	5
SV Werder Bremen	4
Hamburger SV	3
VfB Stuttgart	3

Durchmarsch zur Meisterschaft

Bisher ist es nur einem einzigen Bundesliga-Aufsteiger gelungen, in seinem ersten Jahr im Fußball-Oberhaus auch gleich die Meisterschaft zu erringen: Der 1. FC Kaiserslautern stieg nach der Saison 1996/97 aus der zweiten in die erste Bundesliga auf und durfte sich am Ende der Saison 1997/98 die Krone des deutschen Meisters aufsetzen. Diese Saison bedeutete auch den Durchbruch für Michael Ballack (links Mitte), der bei Kaiserslautern im Spiel gegen den Karlsruher SC sein Bundesliga-Debüt gab.

Bundesliga: Spieler

Der Bomber der Nation

Was Bundesliga-Tore angeht, so überstrahlt ein Spieler einfach alles: Gerd Müller, der »Bomber der Nation«. Müller war mit einer sagenhaften Wendigkeit und Reaktionsschnelligkeit gesegnet und schoss bei seinem Debüt für den FC Bayern München im Oktober 1964 gleich zwei Tore. Am Ende der Saison stieg er mit den Bayern aus der Regionalliga Süd in die Bundesliga auf, in der er dann insgesamt 427 Spiele bestritt und unglaubliche 365 Tore erzielte. In sieben Spielzeiten wurde Müller Bundesliga-Torschützenkönig, aber er hält auch einen Rekord, auf den er nicht ganz so stolz sein dürfte: Er hat die meisten Bundesliga-Elfmeter verschossen – von 63 Strafstößen konnte er zwölf nicht verwandeln.

In der Saison 2013/14 brach Franck Ribéry vom FC Bayern München den Rekord von 38 aufeinanderfolgenden Bundesliga-Partien ohne Niederlage, den bis dahin Holger Hieronymus gehalten hatte: Mit dem 3:2-Sieg über Hertha BSC erhöhte er die Serie auf 39 ungeschlagene Spiele.

Der Torwart als Torschütze

Der HSV-Torhüter Hans Jörg Butt verwandelte in der Saison 1998/99 sieben Strafstöße und in der darauffolgenden Saison noch einmal neun. Nachdem er dann 2001 zu Bayer 04 Leverkusen gewechselt war, verwandelte er in den folgenden fünf Spielzeiten auch jeweils immer mindestens einen Elfmeter. Am Ende seiner Karriere konnte er auf 26 Bundesliga-Tore zurückblicken.

Der treue Charly

Den Rekord für die meisten Bundesliga-Einsätze hält mit 602 Spielen der Verteidiger Karl-Heinz »Charly« Körbel. Er absolvierte seine ganze Profikarriere (1972–1991) ausschließlich bei Eintracht Frankfurt, nachdem er vorher alle Jugendmannschaften des FC Dossenheim durchlaufen hatte. Körbel erzielte 45 Bundesliga-Tore und trat sechsmal mit der deutschen Nationalmannschaft an.

Meisterliche Ausbeute

Zwei Spieler halten zusammen den Rekord für die meisten Bundesliga-Meisterschaften: Der Mittelfeldkünstler Mehmet Scholl und die Torwartlegende Oliver Kahn holten mit Bayern München je achtmal den Titel. Kahn hält auch den Rekord für die meisten Zu-null-Spiele (19) in einer Spielzeit (2001/02) und für die meisten Zu-null-Spiele einer ganzen Torwart-Laufbahn: In 196 Spielen musste er keinen Ball hinter sich aus dem Netz holen.

Rekordtorschützen der Bundesliga

Name	Tore	Spiele
Gerd Müller	365	427
Klaus Fischer	268	535
Jupp Heynckes	220	369
Manfred Burgsmüller	213	447
Ulf Kirsten	182	350

Meiste Spiele in Folge

Der legendäre Torhüter Sepp Maier, der sich durch Wendigkeit, Mut und blitzschnelle Reaktionen auszeichnete, stellte zwischen August 1966 und Juni 1979 eine atemberaubende Rekordserie auf: Ohne Unterbrechung lief er 442-mal mit Bayern München in der Bundesliga auf. Im Juli 1979 wurde er bei einem selbst verschuldeten Autounfall verletzt und musste seine Karriere beenden.

Bundesliga: Weitere Rekorde

Der unglaubliche Udo

Udo Lattek war Cotrainer der deutschen Auswahl, die 1966 an der FIFA WM in England teilnahm, und wurde danach der erfolgreichste Trainer der Bundesliga-Geschichte: Achtmal gewann er als Coach die deutsche Meisterschaft – dreimal mit dem FC Bayern München (1971/72, 1972/73, 1973/74), danach zweimal mit Borussia Mönchengladbach (1975/76, 1976/77) und dann noch ein zweites Mal dreimal hintereinander mit den Bayern (1984/85, 1985/86, 1986/87).

Jüngster und Ältester

Matthias Sammer (rechts im Bild links) wurde als Spieler dreimal deutscher Meister: einmal mit dem VfB Stuttgart (1991/92) und zweimal mit Borussia Dortmund (1994/95 und 1995/96). 2000 wurde er Cheftrainer von Borussia Dortmund, und als er den Verein dann 2002 zur Meisterschaft führte, war er mit 34 Jahren und 241 Tagen der jüngste Trainer, der je die Bundesliga gewonnen hat. Jupp Heynckes (links im Bild links) ist dagegen der bisher älteste Trainer, der eine Bundesliga-Meisterschaft geholt hat: Als er in der Saison 2012/13 mit Bayern München den Titel gewann, war er 68 Jahre und neun Tage alt.

Tore, Tore, Tore

Die meisten Tore in einer Bundesliga-Spielzeit wurden in der Saison 1983/84 erzielt: In 306 Spielen zappelte das Leder 1097-mal im Netz – das ergab einen Durchschnitt von 3,58 Toren pro Spiel. In derselben Saison fielen auch die meisten Tore an ein und demselben Spieltag: Am 11. und 12. Mai 1984 klingelte es insgesamt 53-mal. Schon fünfmal ist es vorgekommen, dass in einem einzigen Spiel zwölf Tore fielen, aber nur bei einer dieser Begegnungen wurde das Dutzend von ein und derselben Mannschaft erzielt: Am 29. April schickte Borussia Mönchengladbach den BVB mit 12:0 nach Hause.

Otto Rehhagel war 2012 Trainer bei Hertha BSC. Bei dem Berliner Verein hatte er 1963 als Abwehrspieler auch sein Bundesliga-Debüt gegeben.

Langzeitstellen

Bei Werder Bremen hält man viel von Kontinuität: Zwei Trainer des Vereins führen die Rangliste der meisten Spielzeiten bei ein und demselben Verein an. Otto Rehhagel war dort 15 Jahre lang im Amt (1976 und 1981–1995), während es Thomas Schaaf auf 14 Spielzeiten brachte (1999–2013). Rehhagel hat unglaubliche 29 Spielzeiten als Bundesliga-Trainer absolviert; dabei wirkte er bei insgesamt acht verschiedenen Bundesliga-Vereinen, zu denen u. a. Kickers Offenbach, Borussia Dortmund, Bayern München und zuletzt (2012) Hertha BSC zählten.

Zuschauerzahlen

Die höchste Zuschauerzahl, die es je in der Bundesliga gegeben hat, wurde 1969 registriert. Damals verfolgten 88 075 Fans die Begegnung zwischen Hertha BSC und dem 1. FC Köln. Die niedrigste Zuschauerzahl gab es 1965/66, als der SC Tasmania 1900 Berlin sein katastrophales Gastspiel in der Bundesliga gab: Eine der Begegnungen des Vereins wollten nur ganze 827 Zuschauer sehen.

Die Primera División

Die spanische Primera División, die auch »La Liga« genannt wird, wurde 1929 mit nur zehn Teilnehmern ins Leben gerufen. Heute kämpfen 20 Mannschaften um den Titel der höchsten spanischen Spielklasse, die die UEFA in den vergangenen Jahren als stärkste Liga Europas eingestuft hat. Von 1963 bis 1973 durften kaum ausländische Spieler in der Primera División spielen, heute glänzt sie jedoch mit weltberühmten Nationalspielern wie Lionel Messi aus Argentinien, Cristiano Ronaldo aus Portugal und Gareth Bale aus Wales. Obwohl schon neun Vereine die Primera División gewinnen konnten, wird sie im Wesentlichen von zwei Vereinen dominiert: Der FC Barcelona und Real Madrid haben zusammen schon 54 der bisherigen Ligatitel geholt.

Gerard Piqué (FC Barcelona) und Gareth Bale (Real Madrid) bei einer spanischen Erstligabegegnung der Saison 2013/14: Beide Mannschaften kamen am Ende auf 87 Punkte und nahmen in der Abschlusstabelle die Plätze zwei und drei hinter dem Überraschungsmeister Atlético Madrid ein.

PIQUÉ
3

Primera División: Mannschaften

Real rockt die Liga

Real Madrid (unten) hat die Primera División schon 32-mal gewonnen – zehnmal öfter als der Erzrivale FC Barcelona. Dabei ist es den Königlichen sogar schon zweimal gelungen, den Titel fünfmal in Folge zu holen (1961–1965 und 1986–1990) – das hat noch kein anderer Verein geschafft. Real Madrid hält auch die Rekorde für die meisten Ligasiege (1560), die meisten Saisontore (121 in der Spielzeit 2011/12) und die meisten Ligatore (unglaubliche 5613 Treffer).

Torfluten

Die bisher deftigste Klatsche in der Geschichte der Primera División setzte es am 8. Februar 1931: Damals schlug Athletic Bilbao den FC Barcelona mit 12:1. Bilbao erzielte an dem Tag nur drei Tore weniger, als CD Logroñés einmal in einer ganzen Primera-División-Spielzeit zustande brachte (15 Treffer 1994/95). Bilbao war außerdem sowohl an dem bisher höchsten Unentschieden als auch an dem Spiel mit den bisher meisten Toren beteiligt: 1950 trennten sich die Basken und Atlético Madrid mit 6:6 und 1933 gewann Bilbao mit 9:5 gegen Racing Santander.

Auch andere mischen mit

Barcelona und Real Madrid haben zwar häufig die Primera División dominiert, aber nicht immer tanzten alle nach ihrer Pfeife: Während der letzten 16 Jahre wurden Athletic Bilbao, der FC Villarreal und Real Sociedad San Sebastián jeweils einmal oder mehrmals Vizemeister, und seit 1995 holten Atlético Madrid, der FC Valencia (rechts, beim Meisterschaftsgewinn von 2004) und Deportivo La Coruña sogar einmal oder mehrmals den Titel.

Barça begeistert

Der FC Barcelona hat die Primera División schon 58-mal auf einem der ersten drei Plätze abgeschlossen, darunter 24-mal – und damit öfter als jedes andere Team – auf dem undankbaren zweiten Platz. In den letzten Jahren hat sich das Barça-Stadion Camp Nou immer mehr zu einer uneinnehmbaren Festung entwickelt: In den Spielzeiten 2009/10 und 2012/13 holte Barcelona dort jeweils 55 der maximal 57 Punkte, die aus seinen Heimspielen möglich waren. Die einzigen Flecken auf einer ansonsten jeweils makellosen Heimspielbilanz waren ein 1:1-Unentschieden gegen Villarreal 2009/10 und ein 2:2-Unentschieden gegen Real Madrid 2012/13. In den besagten Spielzeiten wurde Barça jeweils Meister.

Die meisten Primera-División-Meisterschaften

Mannschaft	Meisterschaften
Real Madrid	32
FC Barcelona	22
Atlético Madrid	10
Athletic Bilbao	8
FC Valencia	6
Real Sociedad San Sebastián	2
Deportivo La Coruña	1
Betis Sevilla	1
FC Sevilla	1

Die Spieler von Atlético Madrid werfen ihren Trainer Diego Simeone in die Luft, nachdem sie mit einem 2:2-Unentschieden gegen den FC Barcelona die Meisterschaft der Saison 2013/14 klargemacht haben – seit 18 Jahren der erste Liga-Titel für Atlético.

Primera División: Spieler

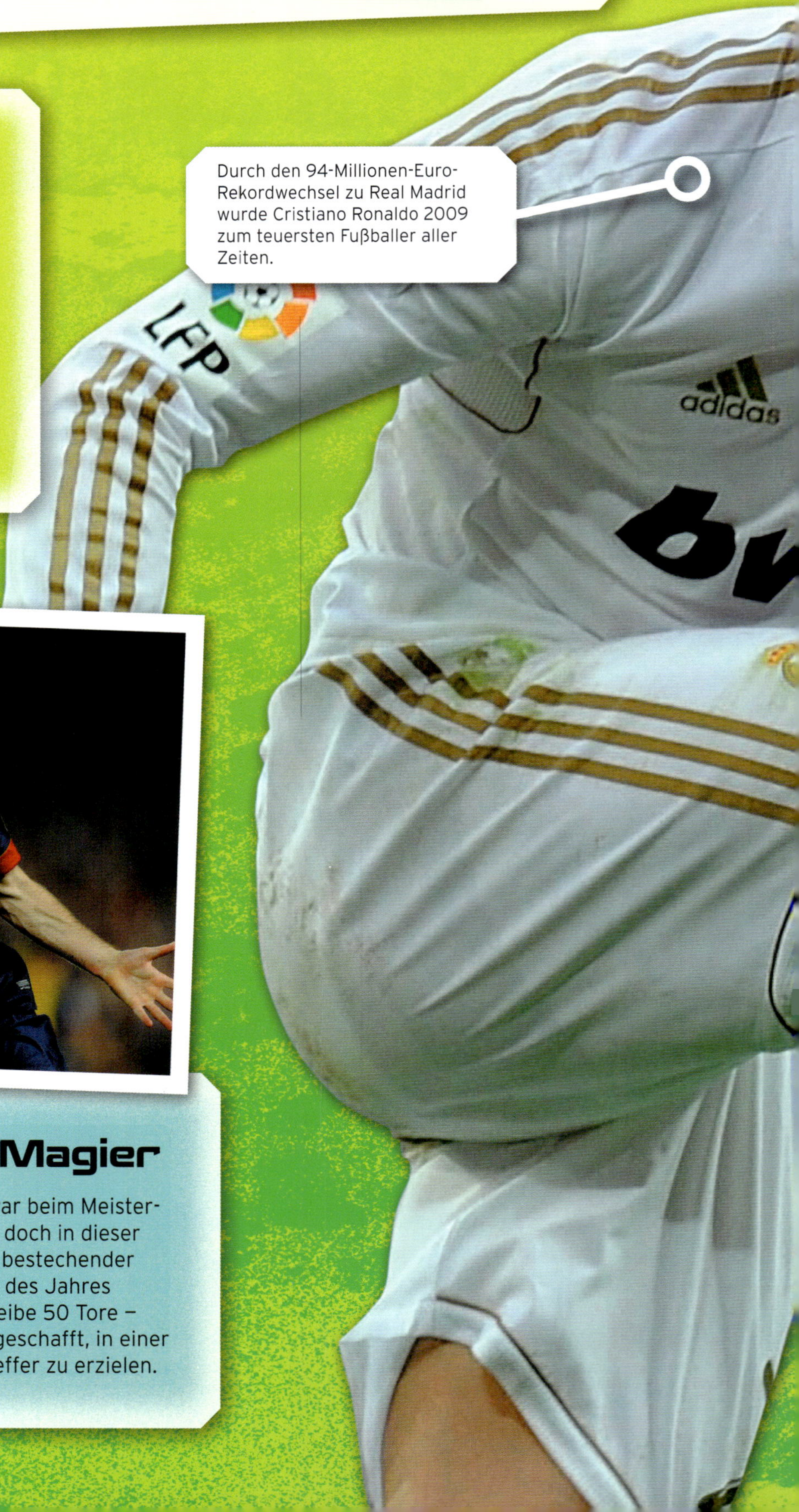

Durch den 94-Millionen-Euro-Rekordwechsel zu Real Madrid wurde Cristiano Ronaldo 2009 zum teuersten Fußballer aller Zeiten.

Großer Telmo

Telmo Zarra brachte es zwar nur auf 20 Länderspieleinsätze, doch seine Torrekorde in der Primera División werden für immer unvergessen bleiben: In den 1940er- und 1950er-Jahren wurde er in sechs Spielzeiten Torschützenkönig, und mit den 251 Toren, die er zwischen 1949 und 1955 in 279 Spielen erzielte, führt der ehemalige Athletic-Bilbao-Stürmer immer noch die Rekordtorschützenliste der Liga an.

Messi, der Magier

2011/12 mag Lionel Messis Team zwar beim Meisterschaftstitel leer ausgegangen sein, doch in dieser Spielzeit war der Barça-Stürmer in bestechender Form: Der viermalige Weltfußballer des Jahres schoss in 37 Spielen sage und schreibe 50 Tore – bisher hat es kein anderer Spieler geschafft, in einer Primera-División-Spielzeit mehr Treffer zu erzielen.

Der Titelsammler

Paco Gento, der für seine Schnelligkeit mit und ohne Ball und für seine überragende Ballfertigkeit bekannt war, unterschrieb 1952 als 19-Jähriger bei Real Madrid. In der großen Zeit des Vereins war er ein Schlüsselspieler. Zwölfmal wurde er mit den Königlichen Meister – kein anderer Spieler hat das bisher geschafft.

Tore zuhauf

Seit seinem Wechsel von Manchester United zu Real Madrid im Jahr 2009 hat Cristiano Ronaldo die Primera División gerockt: Das portugiesische Stürmer-Multitalent hat es in bisher 165 Ligaspielen schon auf stolze 177 Treffer gebracht – und hält damit den Rekord für die Torquote pro Spiel.

Rekordtorhüter

Der Torhüter Andoni Zubizarreta kann auf eine beeindruckende Karriere bei Athletic Bilbao, dem FC Barcelona, dem FC Valencia und der spanischen Nationalmannschaft zurückblicken. Er hat an vier FIFA WMs und drei UEFA EMs teilgenommen, mit 126 Länderspieleinsätzen lange die Rangliste der spanischen Rekordnationalspieler angeführt und zweimal die spanische Meisterschaft gewonnen (1982/83 und 1983/84). Er absolvierte stolze 622 Ligaspiele und führt damit die Rangliste der Primera-División-Rekordspieler an.

Rekordtorschützen der Primera División

Name	Tore	Spiele
Telmo Zarra	251	279
Lionel Messi	243	277
Hugo Sánchez	234	347
Raúl	228	550
Alfredo Di Stéfano	227	329

Primera División: Weitere Rekorde

Der Meistertrainer

Von den 36 Cheftrainern, die Real Madrid bisher hatte, war Miguel Muñoz (links, Mitte) derjenige, der am längsten im Amt war und den meisten Erfolg hatte. Der ehemalige Mittelfeldspieler absolvierte als Aktiver über 230 Ligaspiele für Real Madrid, wurde viermal spanischer Meister und holte dreimal den Europokal der Landesmeister. Von 1960 bis 1974 trainierte er Real; mit ihm gewann die Mannschaft neunmal die Primera División (damit ist er der bisher erfolgreichste Trainer der Liga) und zweimal den Europapokal der Landesmeister.

Cruyff und Guardiola

Der erfolgreichste Trainer des FC Barcelona ist der ehemalige niederländische Spielmacher Johan Cruyff: Mit ihm gewann Barça zwischen 1988 und 1996 viermal in Folge die Primera División sowie je einmal den Europapokal der Pokalsieger und der Landesmeister. Unter Cruyff spielte damals auch der defensive Mittelfeldspieler Josep »Pep« Guardiola (rechts). Er wurde später zum bisher zweiterfolgreichsten Trainer von Barça: Während seiner Amtszeit konnten drei spanische Meisterschaften und zwei UEFA Champions-League-Pokale gewonnen werden.

Rekordtrainer der Primera División

Name	Spiele	Zeitraum
Luis Aragonés	757	1974–2004
Javier Irureta	614	1988–2008
Miguel Muñoz	608	1958–1982
Víctor Fernández	514	1990–2008
Javier Clemente	512	1981–2012

Kurze Gastspiele

Im Gegensatz zur langen, ununterbrochenen Amtszeit von Miguel Muñoz war Vicente del Bosque gleich dreimal Trainer bei Real Madrid. Die kürzeste seiner drei Amtszeiten dauerte gerade mal ein Spiel; del Bosque war im Januar 1996 kurzfristig eingesprungen, nachdem Jorge Valdano seinen Hut genommen hatte. José Antonio Camacho, ein weiterer Real-Trainer, übernahm das Amt im Sommer 1998, trat aber 22 Tage später schon wieder zurück, ohne ein einziges Spiel geleitet zu haben.

Platzverweis-Rekorde

Die meisten Roten Karten in einer Primera-División-Partie hagelte es 2003 bei einem Lokalderby zwischen Espanyol Barcelona und dem FC Barcelona: Der Schiedsrichter Alfonso Zamorano schickte drei Spieler jeder Mannschaft vorzeitig zum Duschen. Elf Jahre später sah Sergio Ramos von Real Madrid die 19. Rote Karte seiner Laufbahn (links), nachdem Neymar, der aus Brasilien stammende Stürmer des FC Barcelona, zu Boden gegangen war – kein anderer Spieler der Primera División hat schon so viele Platzverweise kassiert.

Die Serie A

Die italienische Serie A wurde 1929 gegründet und hat seither eine magische Anziehungskraft auf die Spitzenfußballer der ganzen Welt ausgeübt. Noch keine andere Liga war mit so vielen ihrer Vereine im Endspiel der UEFA Champions League bzw. des Europapokals der Landesmeister vertreten wie das italienische Fußball-Oberhaus. Seit 2004 kämpfen in ihm 20 Mannschaften um die Meisterschaft. Darunter sind so weltberühmte Klubs wie Juventus Turin oder der AC Mailand, aber auch weniger bekannte Vereine wie der US Sassuolo Calcio, der in der Spielzeit 2013/14 sein Serie-A-Debüt gab. Der Meistertitel der Serie A ist auch als »Scudetto« bekannt. Das bedeutet »kleiner Schild« und bezeichnet die Plakette, die der Meister in der Folgesaison auf seinem Trikot tragen darf.

Im Mai 2014 beim Lokalderby zwischen den Serie-A-Vereinen Inter Mailand und AC Mailand: Das stattliche Giuseppe-Meazza-Stadion, auch unter seinem ehemaligen Namen »San Siro« bekannt, ist mit 73 855 Zuschauern randvoll besetzt.

ASSOCIAZIONE ITALIANA MILAN CLUB
BERNATE
ARCORE
SERIE A TIM
TIM

Serie A: Mannschaften

Die alte Dame singt

Juventus Turin wurde 1897 gegründet und ist der älteste Serie-A-Verein sowie mit 28 Meisterschaften auch der bisher erfolgreichste. In der Spielzeit 2011/12 blieb die Mannschaft, die auch die Spitznamen »Alte Dame« oder – wegen der schwarz-weiß gestreiften Trikots – »Die Zebras« trägt, in allen Saisonspielen unbesiegt und holte schließlich mit nur 20 Gegentreffern den Meistertitel.

Juve-Spieler feiern die für den Verein höchst erfolgreiche Saison 2013/14: Die Mannschaft gewann 33 von 38 Ligapartien und holte 102 Punkte – beides neuer Serie-A-Rekord.

Geteiltes Stadion

Die Erzrivalen Inter Mailand und AC Mailand teilen sich das San-Siro-Stadion. Der AC Mailand, der auch die »Rossoneri« (deutsch die »Rot-Schwarzen«) genannt wird, spielte dort im Dezember 1993 gegen Juventus Turin vor dem größten Publikum, das je für die Serie A registriert wurde – 85 848 Zuschauer verfolgten das Match, das die Rossoneri mit 1:0 gewannen. In anderen Spielzeiten war das Stadion Schauplatz der bisher torreichsten Serie-A-Begegnungen, und an allen war der AC Mailand beteiligt: 1973 gewann er mit 9:3 gegen Atalanta Bergamo; je elf Tore fielen 1949 (5:6 gegen Inter Mailand) und zweimal 1950 (9:2 gegen Novara Calcio sowie 4:7 gegen Atalanta Bergamo).

Einfach gut!

Die Saison 2014/15 mit eingerechnet, hat Inter Mailand schon 83 Spielzeiten in der Serie A absolviert – kein anderer Verein hat bisher mehr geschafft. Inter hat die Serie A schon 16-mal gewonnen; dazu zählen auch die fünf Meistertitel in Folge, die von dem Verein in den Spielzeiten von 2005/06 bis 2009/10 errungen werden konnten. In der Saison 2006/07 fuhr Inter 30 Siege ein – 17 davon in Folge, was immer noch Rekord ist – und kam auf 94 Punkte, was damals ebenfalls Rekord war.

Große Tragödie

Der FC Turin, der von 1936 bis 1977 AC Turin hieß, war einst der erfolgreichste Serie-A-Klub: In den 1940er-Jahren holte er fünfmal den Titel. In der Spielzeit 1947/48 erzielte er den bisher höchsten Ligasieg, als er die US Alessandria Calcio mit 10:0 zerlegte. Im Jahr darauf kam bei einem Flugzeugabsturz die gesamte Mannschaft ums Leben. Seither konnte der Verein die Meisterschaft nur noch einmal gewinnen (1975/76).

Die meisten Serie-A-Meisterschaften

Mannschaft	Meisterschaften
Juventus Turin	28
Inter Mailand	16
AC Mailand	15
FC Turin	6
FC Bologna	5

Comeback-Könige

17 Serie-A-Teams haben es schon geschafft, einen 0:3-Rückstand wieder aufzuholen bzw. sogar noch in einen Sieg umzumünzen. Für eine eindrucksvolle Aufholjagd sorgte 2001 die AC Perugia Calcio gegen die AS Bari: 24 Minuten vor Spielende lag Perugia in Bari noch mit 0:3 in Rückstand, gewann das Spiel dann aber noch mit 4:3.

Serie A: Spieler

Der schwedische Kanonier

In den letzten zehn Jahren haben es nur zwei Spieler geschafft, je zweimal »Capocannoniere« – das ist das italienische Wort für »Torschützenkönig« – der Serie A zu werden: Zlatan Ibrahimović (2008/09 mit Inter Mailand und 2011/12 mit dem AC Mailand) und Antonio di Natale (2009/10 und 2010/11 mit Udinese Calcio). In den 1950er-Jahren lieferte der schwedische Inter-Mailand-Stürmer Gunnar Nordahl Tore am laufenden Band: Im Zeitraum von sechs Spielzeiten wurde er fünfmal Torschützenkönig.

Die Scudetto-Spezialisten

Drei Spieler teilen sich mit je acht Titeln den Rekord für die meisten Serie-A-Meisterschaften: Virginio Rosetta (sechs mit Juventus Turin, zwei mit Pro Vercelli), Giuseppe Furino (alle mit Juventus Turin) und Giovanni Ferrari (fünf mit Juventus Turin, zwei mit Inter Mailand, eine mit dem FC Bologna).

Der Abwehrrecke

Paolo Maldini (im Bild rechts) gab sein Serie-A-Debüt in der Saison 1984/85 und beendete erst 2009 seine Karriere. Der Abwehrspieler, der zumeist als Innenverteidiger oder linker Außenverteidiger eingesetzt war und sich durch seine Schnelligkeit, Beharrlichkeit und vor allem für diese Spielpositionen ungewöhnliche Eleganz auszeichnete, absolvierte ganze 647 Serie-A-Partien – und zwar alle ausschließlich mit dem AC Mailand. Erstaunlicherweise nimmt Maldini in der Rangliste der ältesten Spieler der Liga nur den siebten Platz ein. Vor ihm auf dem sechsten Platz liegt sein ehemaliger Abwehrkollege Alessandro Costacurta. Angeführt wird diese Wertung vom ehemaligen Lazio-Rom-Torhüter Marco Ballotta, der 2008 im Alter von 44 Jahren und 38 Tagen sein letztes Serie-A-Spiel bestritt.

Francesco Totti kam mit 13 Jahren zum AS Rom und wechselte danach nie mehr den Verein. Der Stürmer, der auch als Mittelfeldregisseur agieren kann, hat über 700 Partien für den AS Rom absolviert und nimmt in der Rangliste der Serie-A-Rekordtorschützen den zweiten Platz ein.

Toptorhüter

Als Gianluigi Buffon 2001 für 54,1 Millionen Euro vom AC Parma zu Juventus Turin wechselte, wurde er durch diesen Transfer zum teuersten Torhüter sowohl der Serie A als auch weltweit. Er hat schon fünfmal die Serie A gewonnen und hält mit acht Titeln den Rekord für die meisten Auszeichnungen als Serie-A-Torhüter des Jahres. Mit über 140 Einsätzen in der italienischen Nationalmannschaft, mit der er 2006 Weltmeister wurde, führt er zudem die Rangliste der Rekordnationalspieler seines Landes an.

Rekordtorschützen der Serie A

Name	Tore	Spiele
Silvio Piola	274	537
Francesco Totti	235	561
Gunnar Nordahl	225	291
Giuseppe Meazza	216	367
José Altafini	216	459

Serie A: Weitere Rekorde

»Flasche leer«?!

Giovanni Trapattoni ist als Trainer schon zehnmal Meister geworden, und zwar in vier Ländern: Italien, Deutschland, Portugal und Österreich. In Italien hat er den Serie-A-Titel siebenmal geholt (Rekord): sechsmal mit Juventus Turin und einmal mit Inter Mailand. Trapattoni hat auch schon den AC Mailand, Cagliari Calcio und den AC Florenz trainiert sowie bei Vereinen außerhalb Italiens gearbeitet (FC Bayern München, Benfica Lissabon, Red Bull Salzburg).

Gib mir fünf

Marcello Lippi und Fabio Capello nehmen zusammen den zweiten Platz in der Rangliste der erfolgreichsten Serie-A-Trainer ein: Beide sind schon jeweils fünfmal italienischer Meister geworden. Als Lippi 1989 beim AS Cesena Trainer war, ließ er den bisher jüngsten Spieler der Serie A sein Ligadebüt geben: Paolo Pupita, ein Stürmer, war zu diesem Zeitpunkt erst 15 Jahre und vier Monate alt.

Jobhopper

Alberto Malesani hat mehr Serie-A-Vereine gecoacht als jeder andere Trainer. Bei elf italienischen Erstligisten hat er schon Station gemacht: AC Florenz, AC Parma, Hellas Verona, FC Modena, Udinese Calcio, FC Empoli, AC Siena, FC Bologna, FC Genua, US Palermo und aktuell US Sassuolo Calcio. Bei Sassuolo, das 2013/14 seine allererste Serie-A-Saison bestritt, wurde er im Januar 2014 zum Cheftrainer berufen. Tatsächlich war Malesani schon zwölfmal in der Serie A tätig: In der Spielzeit 2011/12 wurde er im Dezember 2012 von Genua entlassen, im April darauf dort aber wieder eingestellt ... und nur 20 Tage später erneut gefeuert!

Junges Gemüse

Die jüngste Mannschaft, die in der Saison 2013/14 in der Serie A auflief, war die Elf von Udinese Calcio, die am 6. April 2014 beim AC Florenz antrat. Mit Ausnahme von zwei altgedienten Innenverteidigern waren alle Spieler 23 Jahre alt oder jünger; der Torhüter Simone Scuffet (links) war gar erst 17 Jahre alt. Der Udinese-Coach Francesco Guidolin hat mehr Serie-A-Partien absolviert als irgendeiner seiner Kollegen: In 17 Spielzeiten und für sechs verschiedene italienische Vereine trug er bei über 550 Partien die Verantwortung als Trainer.

Pierluigi Collina diskutiert mit dem legendären Juve-Mannschaftskapitän Alessandro Del Piero, der 19 Spielzeiten bei den Turinern absolvierte und in 478 Serie-A-Partien 188 Tore schoss.

Der Rekord-Schiri

Kein Schiedsrichter hat so viele Serie-A-Partien geleitet wie Pierluigi Collina – insgesamt 240! Von 1991 an absolvierte Collina 14 Spielzeiten als Schiedsrichter im italienischen Fußball-Oberhaus. Schnell verdiente er sich dabei einen Ruf als eigenwilliger, aber auch höchst korrekter Unparteiischer – und das so erfolgreich, dass ihn die FIFA sechsmal hintereinander zum Weltschiedsrichter des Jahres wählte (auch das ein Rekord). Höhepunkte seiner Laufbahn waren die Leitung des Endspiels der FIFA WM 2002 sowie zahlreicher weiterer großer Länderspiele.

Die Ligue 1

Die Ligue 1 ist die höchste französische Spielklasse. Sie nahm 1932 – damals noch unter dem bis 2002 gültigen Namen »Division 1« – mit 20 Mannschaften den Spielbetrieb auf, und bis heute hat sich die Anzahl der teilnehmenden Vereine nicht geändert. Die Ligue 1 hat fantastische französische Eigengewächse wie Michel Platini und Zinédine Zidane hervorgebracht, aber auch mit ausländischen Starfußballern wie Zlatan Ibrahimović und Thiago Silva geglänzt. Über 75 Klubs haben schon in der Liga gespielt, wovon es 13 aber nur auf eine einzige Spielzeit brachten. Die französischen Erstligastadien sind in der Regel kleiner als die Spielstätten der anderen europäischen Topligen. Von den Vereinen der Spielzeit 2013/14 kann nur der OSC Lille mit seinem »Stade Pierre-Mauroy« mehr als 50 000 Zuschauern Platz bieten. In der Saison 2007/08 wurde Lille aber einmal von Olympique Lyon vor 77 840 Zuschauern geschlagen – dieses Spiel fand allerdings im Nationalstadion »Stade de France« statt, das im Pariser Vorort Saint-Denis steht.

Am ersten Spieltag der Saison 2013/14: Radamel Falcao, die Rekordneuverpflichtung der AS Monaco, überwindet Landry N'Guémo von Girondins Bordeaux. Monaco beendete die Spielzeit schließlich auf dem zweiten Tabellenplatz; es war bereits der sechste Vizemeister-Titel des Vereins.

macron

Ligue 1: Mannschaften

Die vordersten Plätze

Seit der ersten Meisterschaft, die sich 1932/33 Olympique Lillois sicherte, haben 19 Vereine die Ligue 1 gewonnen. Der bisher letzte Verein, der das Rennen zum ersten Mal für sich entscheiden konnte, war der HSC Montpellier 2011/12. Die AS Saint-Étienne hält mit zehn Meisterschaften den Rekord für die meisten Titel; den bisher letzten holte sie 1980/81. Auf den Plätzen zwei und drei folgen Olympique Marseille (unten) mit neun und der FC Nantes mit acht Titeln.

Die Löwen aus Sochaux

Keine Mannschaft hat so viele Ligue-1-Spielzeiten absolviert wie der FC Sochaux. Die »Lionceaux« (deutsch »Löwenjungen«) wurden bisher zweimal Meister (1934/35 und 1937/38). Sie halten sowohl den Rekord für die meisten Ligue-1-Unentschieden (632) als auch den für die meisten Ligue-1-Niederlagen (877), jedoch nicht den für die meisten Ligue-1-Siege. Dieser Rekord wird von Olympique Marseille gehalten: Der Verein verbuchte in der Saison 2013/14 mit dem 2:0 gegen den HSC Montpellier seinen 1000. Erstligasieg.

Die meisten Ligue-1-Meisterschaften

Mannschaft	Meisterschaften
AS Saint-Étienne	10
Olympique Marseille	9
FC Nantes	8
Olympique Lyon	7
AS Monaco	7
Girondins Bordeaux	6
Stade Reims	6

Rekordserie

Bis zum Beginn des neuen Jahrtausends war es noch keinem französischen Erstligisten gelungen, sich mehr als vier Meisterschaften in Folge zu sichern. Das änderte sich jedoch, als Olympique Lyon damit anfing, den französischen Fußball zu dominieren. Befeuert von Stürmertalenten wie Sidney Govou und Karim Benzema sowie Mittelfeldmotoren wie Michael Essien, räumte Lyon in der Spielzeit 2001/02 alle Titelkonkurrenten aus dem Weg und holte sich die Meisterschaft – diese sollte jedoch nur den ersten von sieben Titelgewinnen in Folge darstellen.

Beim 5:0-Sieg von Paris Saint-Germain über den FC Nantes im Januar 2014: Der PSG-Spieler Marco Verratti spielt den Ball quer. PSG ließ in der Saison 2013/14 nur 23 Gegentreffer zu und gewann die Ligue 1 mit neun Punkten Vorsprung und einer Tordifferenz von satten plus 61.

PSG trumpft auf

Mit Weltstars wie Thiago Motta, Zlatan Ibrahimović und Alex gewann der ausgabefreudige Hauptstadtverein Paris Saint-Germain 2012/13 die Ligue 1 und verteidigte den Titel in der darauffolgenden Saison. Beim 5:0-Kantersieg über den FC Nantes brach PSG im Januar 2014 gleich zwei Rekorde: Die Mannschaft spielte mehr erfolgreiche Pässe (863), als irgendein anderer Erstligist bisher in einer Partie zustande gebracht hatte, und die Spieler schraubten die Gesamtzahl der Ballkontakte einer Partie auf den neuen Rekordwert von 1048 hoch.

Ligue 1: Spieler

Fünf mal sieben

Fünf Spieler haben schon je siebenmal die Ligue 1 gewonnen: Der Mittelfeldspieler Jean-Michel Larqué und der Stürmer Hervé Revelli holten ihre sieben Titel jeweils mit der AS Saint-Étienne (1966/67 bis 1969/70 und 1973/74 bis 1975/76). Der Torhüter Grégory Coupet und die offensiven Mittelfeldspieler Sidney Govou und Juninho Pernambucano waren dagegen Miturheber der unglaublichen Olympique-Lyon-Rekordserie von sieben Meisterschaften in Folge (2001/02 bis 2007/08).

Der Italiener

Der Argentinier Delio Onnis, der den Spitznamen »der Italiener« trug, absolvierte den größten Teil seiner Profikarriere in der ersten französischen Liga. Zwischen 1971 und 1986 spielte er für vier Vereine: Stade Reims, AS Monaco, FC Tours und Sporting Toulon Var. Onnis, der grundsätzlich keine Schienbeinschoner trug und seine Stutzen nie hochzog, war ein echter Goalgetter: In fünf Spielzeiten wurde er Torschützenkönig. Insgesamt erzielte er 299 Tore und ist damit Rekordtorschütze der Ligue 1. Auf dem zweiten Platz hinter ihm folgt mit 44 Treffern weniger der Stürmer Bernard Lacombe, der hauptsächlich bei Olympique Lyon und Girondins Bordeaux gespielt hatte.

Jungspunde

Laurent Paganelli ist der bisher jüngste Spieler, der in der Ligue 1 angetreten ist: Als er 1978 in der Halbzeitpause in das Team der AS Saint-Étienne eingewechselt wurde, war er gerade einmal 15 Jahre und 10 Monate alt. Der offensive Mittelfeldspieler Jérémy Ménez (oben, im gelben Trikot), der von 2003 bis 2006 beim FC Sochaux spielte, wurde 2005 bei einer Partie gegen Bordeaux zum bisher jüngsten Ligue-1-Spieler, der einen Hattrick erzielt hat – mit 17 Jahren und 260 Tagen.

Beim Match gegen den AC Ajaccio am zweiten Spieltag der Saison 2013/14: Edinson Cavani feiert seinen allerersten Treffer für Paris Saint-Germain. Das Stürmerass aus Uruguay brachte es in der besagten Spielzeit auf 16 Ligatore und insgesamt 25 Treffer in allen Wettbewerben, in denen er mitmischte.

Riesensummen

Starstürmer und -angreifer sorgen regelmäßig für die höchsten Transfersummen. Als Jean-Pierre Papin 1992 von Olympique Marseille zum AC Mailand ging, war er mit einer Transfersumme, die heute umgerechnet ca. 12 Millionen Euro entspräche, der erste Spieler, für den eine zweistellige Millionensumme gezahlt wurde. Am 31. Mai 2013 wurde ein neuer Ligue-1-Transferrekord aufgestellt: 60 Millionen Euro war es der AS Monaco wert, den kolumbianischen Stürmer Radamel Falcao zu sich zu holen. Doch dieser Rekord hatte nur etwas mehr als einen Monat Bestand – dann blätterte Paris Saint-Germain für den uruguayischen Goalgetter Edinson Cavani 64,5 Millionen Euro auf den Tisch!

Rekordspieler der Ligue 1

Name	Spiele	Zeitraum
Mickaël Landreau	618	1997–heute
Jean-Luc Ettori	602	1975–1994
Dominique Dropsy	596	1972–1989
Dominique Baratelli	593	1967–1985
Alain Giresse	586	1970–1988

Die Null muss stehen

In den Spielzeiten 2004/05 und 2005/06 stellte der Saint-Étienne-Torhüter Jérémie Janot einen neuen Ligarekord auf: In 17 (saisonüberspannenden) Heimspielen in Folge kassierte er keinen Gegentreffer – ganze 1534 Minuten lang musste er zu Hause keinen einzigen Ball hinter sich aus dem Netz holen. 2012 verließ der Torwart nach 16 Jahren die AS Saint-Étienne und ging zu Le Mans.

Ligue 1: Weitere Rekorde

Meistertrainer

Albert Batteux ist der erfolgreichste Trainer der Ligue 1: Fünfmal wurde er mit Stade Reims Meister (1953, 1955, 1958, 1960, 1962) und dreimal mit der AS Saint-Étienne (1968, 1969, 1970). Robert Herbin hat Saint-Étienne als Trainer zu vier Titeln geführt (1974, 1975, 1976, 1981). Beim letzten Match der Saison 1974/75 lief der ehemalige Verteidiger noch einmal als Spieler auf (obwohl er bereits 1972 aufgehört hatte); dabei verwandelte er sogar einen Elfmeter.

Immer weiter!

1961 wurde Guy Roux mit gerade einmal 22 Jahren Trainer der AJ Auxerre. Er leitete den Kleinstadtverein dann bei 890 Ligue-1-Partien als Trainer (Rekord) und holte mit ihm 1995/96 überraschenderweise den Titel. Während seiner langen Amtszeit (1961–2000 und 2001–2005) spielten die französischen Spielerlegenden Éric Cantona, Laurent Blanc and Djibril Cissé alle unter ihm.

Wiederholungstäter

Jean-Pierre Papin ist der einzige Ligue-1-Spieler, der schon fünfmal in Folge Torschützenkönig gewesen ist (1987/88 bis 1991/92). André Abegglen und Jean Nicolas halten mit je sieben Toren gemeinsam den Rekord für die meisten Treffer in einer Ligue-1-Partie (1935 für den FC Sochaux bzw. 1938 für FC Rouen).

Blitz-Gelb-Rot

Der schnellste Platzverweis der Ligue 1 wurde am 10. Februar 2013 während der Partie FC Évian Thonon Gaillard gegen Olympique Marseille verhängt. Der Marseille-Stürmer Jordan Ayew (rechts) wurde in der 73. Minute eingewechselt, bekam für zwei grobe Fouls von Schiedsrichter Antony Gautier kurz nacheinander zwei Gelbe Karten und musste den Platz nach nur 1 Minute und 51 Sekunden schon wieder verlassen.

Rekordtorschützenkönige der Ligue 1

Name (Verein)	Saisontore	Spielzeit
Josip Skoblar (Olympique Marseille)	44	1970/71
Carlos Bianchi (Stade Reims, PSG)	37	1977/78
Philippe Gondet (FC Nantes)	36	1965/66
Gunnar Andersson (Olymp. Marseille)	35	1952/53
Serge Masnaghetti (FC Valenciennes)	35	1962/63

Olympique Lyon feiert den Gewinn der Ligue-1-Meisterschaft 2006/07. Mit dem Titel war Lyon der erste Verein der fünf europäischen Topligen, der sich sechsmal in Folge die Meisterschaft sichern konnte.

Spitzentrainer

Zwei Trainer konnten bislang die Auszeichnung der französischen Berufsfußballergewerkschaft UNFP zum besten Ligue-1-Trainer je zweimal gewinnen: Claude Puel (2000, 2006) und René Girard (2012, 2014). Carlo Ancelotti, der die Auszeichnung 2013 zusammen mit Christophe Galtier erhielt, wechselte zu Beginn der Saison 2013/14 von Paris Saint-Germain zu Real Madrid. Schätzungen zufolge betrug die Transfersumme 3,8 Millionen Euro – und ist damit die höchste, die je für einen Ligue-1-Trainer bezahlt wurde.

Europäischer Vereinsfußball

Europa ist der Leuchtturm des weltweiten Vereinsfußballs. Die Mehrzahl der vermögendsten und erfolgreichsten Vereine der Welt kommt aus Europa und zieht die allerbesten Fußballspieler aus der ganzen Welt an. 2013 wurde Gibraltar das 54. und bisher letzte Mitglied der UEFA (Union of European Football Associations, »Vereinigung Europäischer Fußballverbände«) – sie ist die Körperschaft, der die Organisation des Fußballs in Europa untersteht. Die erste Liga von Gibraltar, die in den letzten sieben Jahren jeweils von Lincoln FC gewonnen wurde, besteht nur aus acht Mannschaften und ist eine der kleinsten Topligen Europas. Die Fußballoberhäuser von Österreich und der Schweiz umfassen je zehn Vereine, während die Slowakei und Dänemark je zwölf Erstligisten haben. Schweden, Russland und Polen spielen den Titel unter je 16 Mannschaften aus, in Griechenland und Rumänien bestreiten je 18 Vereine die höchste Spielklasse.

Die russischen Erstligisten Spartak Moskau (in den roten Trikots) und ZSKA Moskau bei einer Begegnung der Saison 2013/14. Spartak hält mit bisher neun Titeln den Rekord der »Premjer-Liga«, während der ZSKA in dieser Wertung mit fünf Titeln den zweiten Platz belegt, darunter auch die beiden aufeinanderfolgenden Meisterschaften in den Spielzeiten 2012/13 und 2013/14.

ЛУКОЙЛ

Europäischer Vereinsfußball: Mannschaften

Platzhirsche

1891 errangen die Glasgow Rangers und der FC Dumbarton gemeinsam den allerersten Ligatitel, der in Schottland ausgespielt wurde. Seither gewannen die Rangers die erste Liga noch weitere 53-mal – kein anderer europäischer Verein hat es bisher auf so viele nationale Meisterschaften gebracht. Glasgow hat damit 46 % aller schottischen Ligatitel gewonnen. Nur der griechische Verein Olympiakos Piräus (links, rot-weiß gestreifte Trikots) weist im europäischen Vergleich eine noch bessere Quote auf: Er gewann 41 von 78 griechischen Meisterschaften (52,5 %).

Perfekte Primeira

In der portugiesischen »Primeira Liga« haben schon viele außergewöhnliche Vereine gespielt. Dazu zählen auch Sporting Lissabon, der die erste portugiesische Liga schon 18-mal gewonnen hat, und der FC Porto, der die Meisterschaft 27-mal holen konnte. Der erfolgreichste portugiesische Verein ist jedoch Benfica Lissabon: 33-mal ist er schon Meister geworden, darunter auch in der Spielzeit 2013/14. In der Saison 1972/73 war Benfica die erste portugiesische Mannschaft, die eine ganze Spielzeit lang unbesiegt blieb (28 Siege und zwei Unentschieden aus 30 Spielen). 1977/78 gelang dem Verein dasselbe Kunststück noch einmal, doch aufgrund von neun Unentschieden wurde er diesmal nur Vizemeister hinter dem FC Porto.

Die höchsten Liga-Siegesserien

Mannschaft	Siege in Folge	Spielzeit(en)
Benfica Lissabon (Portugal)	29	1971/72–1972/73
Dinamo Zagreb (Kroatien)	28	2006/07–2007/08
Celtic Glasgow (Schottland)	25	2003/04
Schachtjor Donezk (Ukraine)	24	2011/12–2012/13
PSV Eindhoven (Niederlande)	22	1986/87–1987/88
Glasgow Rangers (Schottland)	22	1898/99–1899/1900

Elefantenhochzeit

Kjøbenhavns Boldklub ist einer der ältesten Fußballvereine Kontinentaleuropas. Er wurde 1876 gegründet und gewann 15-mal die dänische Liga (zuletzt 1980). 1992 fusionierte der Verein mit dem ebenfalls in Kopenhagen ansässigen Boldklubben 1903, der selbst schon siebenmal die Meisterschaft geholt hatte, zum FC Kopenhagen (rechts). Der neue Verein gewann gleich in seiner ersten Spielzeit (1992/93) den Titel.

Ajax Amsterdam (in schwarzen Trikots) ist mit 33 Ligatiteln – zuletzt war man 2013/14 erfolgreich – der Rekordmeister der niederländischen »Eredivisie«. Hier attackiert Lasse Schøne (links) gerade Alfreð Finnbogason vom SC Heerenveen. Finnbogason war in der Saison 2013/14 mit 29 Treffern Torschützenkönig der »Ehrendivision«.

Ungeschlagen

Am letzten Spieltag der Saison 1985/86 schlug Steaua Bukarest den FC Universitatea Craiova in einem echten Fußballkrimi mit 5:4. Dieser Sieg stellte den Beginn einer unglaublichen Ungeschlagen-Serie in der rumänischen Liga dar. Sie umfasste 104 Spiele und erstreckte sich über drei volle Spielzeiten. Teil der Serie war auch ein 11:0-Kantersieg über Corvinul Hunedoara. Die Serie endete am dritten Spieltag der Saison 1989/90, als Steaua Bukarest gegen den Lokalrivalen Dinamo Bukarest unterlag.

Europäischer Vereinsfußball: Ligen

Fünf Sterne

Bisher haben es nur fünf Vereine geschafft, die türkische Süper Lig zu gewinnen: Fenerbahçe Istanbul und Galatasaray Istanbul sind mit 19 Titeln gemeinsam Rekordmeister, danach folgen Beşiktaş Istanbul (13 Titel), Trabzonspor (6) und Bursaspor (1). Letzterer ist 2009/10 dem exklusiven Klub beigetreten, als er den Titelverteidiger Beşiktaş am letzten Spieltag mit 2:1 besiegte.

Kaum zu toppen

In der Spielzeit 2005/06 startete Dynamo Kiew in der ukrainischen Premjer-Liha eine eindrucksvolle Serie: 51 Spiele lang blieb der Verein von da an auswärts unbesiegt. Die zweitbeste europäische Auswärts-Ungeschlagen-Serie stellte Galatasaray Istanbul zwischen 1998 und 2000 auf, als der türkische Spitzenklub 40 Partien lang nicht zu bezwingen war.

Serientäter

Der europäische Rekord für die meisten Ligatitel in Folge liegt bei 14 Stück. Er wird vom Skonto Riga gehalten, der von 1991 bis 2004 ununterbrochen das lettische Oberhaus namens »Virslīga« dominiert hat. Rosenborg Trondheim hat von 1992 bis 2004 13-mal hintereinander die norwegische »Tippeligaen« gewonnen.

Die Niederländer

15 Mannschaften haben bisher die niederländische Meisterschaft nur ein einziges Mal gewinnen können. Der bisher letzte dieser Vereine war der FC Twente Enschede 2009/10. Geführt wurde er dabei von Trainer Steve McLaren (rechts), maßgeblichen Anteil an dem Erfolg hatte aber auch Bryan Ruiz, der mit 24 Saisontreffern mit dafür sorgte, dass der FC Twente 16 seiner 17 Heimspiele gewann und am Ende mit einem Punkt die Nase gegen Ajax Amsterdam vorn hatte.

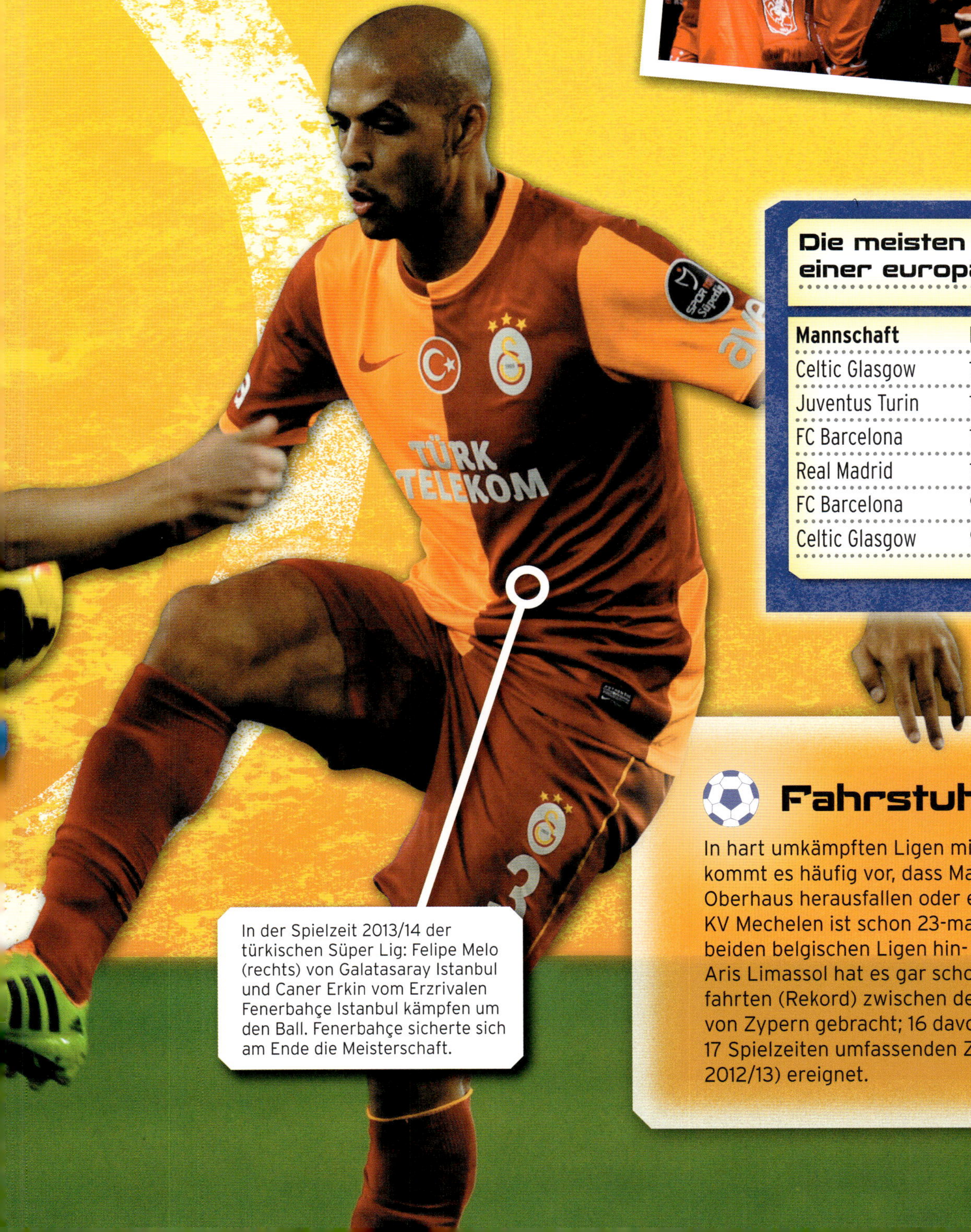

In der Spielzeit 2013/14 der türkischen Süper Lig: Felipe Melo (rechts) von Galatasaray Istanbul und Caner Erkin vom Erzrivalen Fenerbahçe Istanbul kämpfen um den Ball. Fenerbahçe sicherte sich am Ende die Meisterschaft.

Die meisten Punkte in einer europäischen Liga

Mannschaft	Punkte	Saison
Celtic Glasgow	103	2001/02
Juventus Turin	102	2013/14
FC Barcelona	100	2012/13
Real Madrid	100	2011/12
FC Barcelona	99	2009/10
Celtic Glasgow	99	2013/14

Fahrstuhlprofis

In hart umkämpften Ligen mit Auf- und Abstieg kommt es häufig vor, dass Mannschaften aus dem Oberhaus herausfallen oder es wieder erobern. Der KV Mechelen ist schon 23-mal zwischen den ersten beiden belgischen Ligen hin- und hergewechselt. Aris Limassol hat es gar schon auf 27 Fahrstuhlfahrten (Rekord) zwischen den ersten beiden Ligen von Zypern gebracht; 16 davon haben sich in einem 17 Spielzeiten umfassenden Zeitraum (1996/97–2012/13) ereignet.

Europäischer Vereinsfußball: Spieler

Große Goalgetter

Ferenc Deák glänzte in der Saison 1945/46 der ungarischen Liga: In nur 34 Spielen traf er ganze 66-mal für Szentlörinci. Den Rekord für die meisten Tore in einer Saison der niederländischen ersten Liga hält Coen Dillen mit den 43 Treffern, die er in der Saison 1956/57 für den PSV Eindhoven schoss. Willy van der Kuijlen (rechts), ein weiterer Spieler von Eindhoven, ist mit 311 Treffern der Rekordtorschütze der niederländischen »Eredivisie«. Die meisten Tore in türkischen Ligen schoss Metin Oktay, der den größten Teil seiner Karriere bei Galatasaray Istanbul spielte.

Goldener Schuh

Mit dem »Goldenen Schuh« der UEFA wird jährlich der erfolgreichste Torjäger einer Saison der europäischen ersten Ligen geehrt. Lionel Messi ist der einzige Spieler, der die Auszeichnung schon dreimal alleine erhalten hat (2009/10, 2011/12, 2012/13); er schoss auch die meisten Tore in einer Ligaspielzeit (50 in der Saison 2011/12). Fünf der acht Spieler, die den »Goldenen Schuh« zweimal bekamen und zu denen auch Eusébio und Gerd Müller zählen, spielten in Ligen, die nicht zu den »Big Five« (England, Spanien, Italien, Deutschland und Frankreich) zählen.

Die Tormaschine

Josef Bican gilt als die ultimative Tormaschine des europäischen Vereinsfußballs. Die tschechisch-österreichische Fußballlegende lief so schnell wie viele zeitgenössische 100-Meter-Läufer und war beidfüßig mit einem strammen Schuss ausgestattet. Bican war zwar bei verschiedenen Vereinen tätig, dauerhaft in den Gedächtnissen verankerte er sich aber mit seinem Wirken bei Slavia Prag, wo er von 1937 bis 1948 274 Spiele bestritt und dabei unglaubliche 534 Tore schoss. Fußballhistoriker gehen davon aus, dass er in europäischen Pflichtspielen insgesamt über 800 Tore schoss.

Dany lässt die Null stehen

Der belgische Torhüter Dany Verlinden hält den Europarekord für die längste Zeit ohne Gegentor in Ligaspielen: Zwischen dem 3. März und dem 26. September 1990 hielt er den Kasten des FC Brügge stolze 1390 Minuten lang ballfrei.

Mário Jardel von Sporting Lissabon bejubelt einen seiner sagenhaften 42 Primeira-Liga-Treffer, die er in den 30 Einsätzen erzielte, die er in der Saison 2001/02 absolvierte.

Dreier-Helden

72 Dreierpacks in der portugiesischen Primeira Liga gehen auf das Konto von brasilianischen Spielern. Einer dieser Spieler ist Mário Jardel, der 13 dieser Dreier zustande brachte. Als schnellster Dreierpack in einer europäischen Liga wird im »Guinness Buch der Rekorde« derjenige von Tommy Ross im November 1964 geführt: Der damals 18-jährige Verteidiger schoss in nur 90 Sekunden drei Tore für den schottischen Verein Ross County.

Europäischer Vereinsfußball: Weitere Rekorde

Frauen an die Macht

Nicole Petignat (links) war 2003 die erste Schiedsrichterin, die ein Männer-Spiel eines UEFA-Wettbewerbs leitete: Beim Hinspiel zwischen dem schwedischen Verein AIK Solna und dem isländischen Klub ÍF Fylkir Reykjavík im Rahmen der Qualifikation zum UEFA-Pokal tanzten alle nach ihrer Pfeife. Elf Jahre danach wurde Corinne Diacre zur ranghöchsten Trainerin im europäischen Männerfußball, als der französische Zweitligist Clermont Foot seinen Cheftrainerposten mit ihr besetzte.

Gib mir fünf

Der Kroate Tomislav Ivić war der erste Trainer der in fünf verschiedenen europäischen Ländern Meister geworden ist: 1974, 1975, 1979 mit Hajduk Split im ehemaligen Jugoslawien, 1977 mit Ajax Amsterdam in den Niederlanden, 1981 mit dem RSC Anderlecht in Belgien, 1986 mit Panathinaikos Athen in Griechenland und 1988 mit dem FC Porto in Portugal.

Trainer-Titanen

Mit 49 Titelerfolgen (zehn mit dem FC Aberdeen, 39 mit Manchester United) ist Sir Alex Ferguson der erfolgreichste Trainer Europas. In Bezug auf UEFA-Wettbewerbe liegt er mit sieben Titelgewinnen mit Giovanni Trapattoni gleichauf, aber hinsichtlich Ligaerfolgen rangiert er mit 16 Titelgewinnen vor dem ukrainischen Trainer Walerij Lobanowskyj, der Dynamo Kiew zu 13 nationalen Meisterschaften, neun nationalen Pokaltriumphen und zwei Titelgewinnen im Europapokal der Pokalsieger führte.

Zuschauerrekorde

Die bisher höchste Zuschauerzahl bei einem UEFA-Pflichtspiel wurde am 15. April 1970 im Hampden Park im schottischen Glasgow registriert: 136 505 Menschen wurden an dem Tag Zeuge des 2:1-Sieges von Celtic Glasgow gegen Leeds United. 1987 kamen 135 000 Zuschauer in das alte Estádio da Luz (rechts) in Lissabon, um die Begegnung zwischen den Erzrivalen Benfica Lissabon und FC Porto zu verfolgen.

Aaron Ramsey von Arsenal London feiert beim englischen Pokalfinale von 2014 seinen Siegtreffer. Arsenal war gegen Hull City zunächst mit 0:2 in Rückstand geraten, konnte die Partie dann aber doch noch mit 3:2 gewinnen.

Mourinho, der Magier

Der portugiesische Coach José Mourinho hat im ersten Jahrzehnt seiner Trainerkarriere ganz neue Maßstäbe gesetzt. Die vier Mannschaften, die er ab 2002 als Cheftrainer betreute (FC Porto, FC Chelsea, Inter Mailand, Real Madrid), stellten zusammen eine neue Rekordserie auf: Sie blieben über einem Zeitraum von neun Jahren in 150 Ligaspielen zu Hause unbesiegt. Von 2002 bis 2011 erzielten sie bei nur 87 Gegentreffern 342 Tore und fuhren 125 Siege ein.

Der älteste Pokal

Der älteste europäische Pokalwettbewerb ist der englische »FA Cup«: Er wurde 1871/72 zum ersten Mal ausgespielt. Manchester United und Arsenal London sind mit je elf Titelerfolgen die Rekordsieger dieses Wettbewerbs. Die Plätze dahinter belegen Tottenham Hotspur mit acht sowie der FC Chelsea, Aston Villa und der FC Liverpool mit je sieben Titelgewinnen.

Die UEFA Champions League

1955 wurde mit dem »Europapokal der Landesmeister« eine Meisterschaft zur Ermittlung der besten europäischen Vereinsmannschaft eingeführt. Wie der Name schon sagt, nahmen an diesem Wettbewerb nur die Meisterschaftsgewinner der ersten Ligen verschiedener europäischer Länder teil. Sie trugen im reinen K.-o.-System mit Hin- und Rückspielen mehrere Vorfinalrunden aus, bis zwei Mannschaften das Finale erreicht hatten; dieses wurde dann mit nur einer Begegnung entschieden. Zur Saison 1992/93 wurde der Wettbewerb dann grundlegend umgebaut. Er wurde in »UEFA Champions League« umbenannt und der Austragungsmodus wurde stark verändert: Von nun an wurden die Mannschaften in verschiedene Gruppen eingeteilt, in denen sie um die besten Platzierungen kämpften; erst in den späteren Phasen des Wettbewerbs wurde dann wieder nach dem K.-o.-Prinzip gespielt. Die Champions League stellt heute den größten und prestigeträchtigsten Vereinswettbewerb des Weltfußballs dar.

Am 24. Mai 2014 beim Champions-League-Finale in Lissabon: Nachdem Real Madrid zum zehnten Mal den Europapokal der Landesmeister bzw. die Champions League gewonnen hat, reckt Mannschaftskapitän Iker Casillas den Pokal in die Höhe. In den K.-o.-Runden hatten sich die Königlichen gegen drei deutsche Mannschaften durchgesetzt (FC Schalke 04, Borussia Dortmund und FC Bayern München).

FINAL LISBON 2014
Fly Emirates

UEFA Champions League: Mannschaften

Das weiße Ballett

Real Madrid dominierte die ersten Jahre des Europapokals der Landesmeister: Die ersten fünf Titel gingen sämtlich an das »Weiße Ballett«; dabei blieb vor allem das Endspiel von 1960 in Erinnerung, in dem sie sich mit 7:3 gegen Eintracht Frankfurt behaupteten. Real Madrid hat den Wettbewerb schon zehnmal gewonnen. Sie halten auch den Rekord für die meisten Halbfinalteilnahmen: 25-mal waren sie dort schon vertreten.

Die meisten Treffer

In der ersten Runde des Europapokals der Landesmeister 1969/70 schlug Feyenoord Rotterdam den KR Reykjavík aus Island im Hinspiel mit 12:2. Bezogen auf ein Hin- und Rückspiel, hält Benfica Lissabon den Rekord: Gegen Stade Dudelange aus Luxemburg gelang ihm 1965 ein 8:0-Auswärtssieg im Hinspiel und ein 10:0-Heimsieg im Rückspiel.

Perfekte Abschlüsse

Sechs Mannschaften weisen makellose Endspiel-Bilanzen auf. Vier davon gewannen das einzige Finale, das sie bisher erreichen konnten: Feyenoord Rotterdam (1970), Aston Villa (1982), der PSV Eindhoven (1988) und Roter Stern Belgrad (1991). Zwei Klubs gewannen jeweils die beiden Endspiele, die sie bisher bestreiten durften: Nottingham Forest (1979, 1980) und der FC Porto (1987 und 2004, rechts).

Münzwurf

Früher wurden Pokalbegegnungen, die unentschieden ausgegangen waren, auch mittels Münzwurf entschieden. Zuletzt wurde das beim Europapokal der Landesmeister 1969/70 zwischen Celtic Glasgow und Benfica Lissabon praktiziert: Celtic Glasgow hatte das Glück auf seiner Seite und erreichte schließlich sogar das Finale (das dann aber verloren wurde).

Die meisten Titel im Europapokal der Landesmeister/in der Champions League

Mannschaft	Titel	Jahre
Real Madrid	10	1956, 1957, 1958, 1959, 1960, 1966, 1998, 2000, 2002, 2014
AC Mailand	7	1963, 1969, 1989, 1990, 1994, 2003, 2007
FC Bayern München	5	1974, 1975, 1976, 2001, 2013
FC Liverpool	5	1977, 1978, 1981, 1984, 2005
FC Barcelona	4	1992, 2006, 2009, 2011
Ajax Amsterdam	4	1971, 1972, 1973, 1995

Schon fünf Endspiele der UEFA Champions League sind von Gegnern aus dem gleichen Land bestritten worden: Real Madrid – FC Valencia (2000), AC Mailand – Juventus Turin (2003), Manchester United – FC Chelsea (2008), Borussia Dortmund – FC Bayern München (2013, oben) und Real Madrid – Atlético Madrid (2014).

UEFA Champions League: Spieler

Raúls Rekorde

Der spanische Stürmer Raúl ist mit 71 Treffern der Rekordtorschütze der UEFA Champions League (66 Tore für Real Madrid, fünf für den FC Schalke 04). Er war der erste Spieler, der in zwei Endspielen als Torschütze erfolgreich war (2000 gegen den FC Valencia, 2002 gegen Bayer 04 Leverkusen), und er ist der bisher einzige Spieler, der in 14 aufeinanderfolgenden Champions-League-Spielzeiten als Torschütze erfolgreich war.

Der schnellste Dreierpack

Seit 1992 sind in der UEFA Champions League über 80 Dreierpacks erzielt worden. Für den bisher schnellsten benötigte Bafétimbi Gomis von Olympique Lyon am 7. Dezember 2011 nur sieben Minuten; seine Mannschaft schlug Dinamo Zagreb schließlich mit 7:1.

Bemerkenswerte Treffer

Mit dem Kopfballtor, das er in der Saison 2009/10 in der Nachspielzeit gegen den AZ Alkmaar erzielte, war Sinan Bolat von Standard Lüttich (rechts) der erste Champions-League-Torhüter, der aus dem Spiel heraus einen Treffer erzielen konnte. 2011 wurde Ryan Giggs zum bisher ältesten Champions-League-Torschützen: Als er am 14. September gegen Benfica Lissabon das 1:1-Ausgleichstor für Manchester United machte, war er 37 Jahre alt. In der gleichen Spielzeit wurde Lionel Messi im Spiel FC Barcelona – Bayer 04 Leverkusen zum ersten Spieler seit 1979, dem fünf Tore in einer Partie gelangen.

Blitztore

Das bisher schnellste Champions-League-Tor erzielte Roy Makaay vom FC Bayern München (rechts) in der Saison 2006/07: Nur 10,12 Sekunden nach dem Anstoß netzte er ein. Zwei Spielzeiten davor hatte Paolo Maldini den bisher schnellsten Treffer in einem CL-Endspiel geschossen: Nach 52 Sekunden erzielte er gegen den FC Liverpool die 1:0-Führung für den AC Mailand.

Rekordspieler der Champions League

Name	Spiele	Verein
Raúl González	142	FC Schalke 04, Real Madrid
Ryan Giggs	141	Manchester United
Xavi Hernández	141	FC Barcelona
Iker Casillas	140	Real Madrid
Clarence Seedorf	125	Ajax Amsterdam, Real Madrid, AC Mailand

Am 24. Mai 2000, nach dem 3:0-Endspielsieg gegen den FC Valencia: Raúl feiert den zweiten seiner insgesamt drei Titelerfolge, die er mit Real Madrid in der UEFA Champions League errungen hat.

Vier sehen dreimal Rot

Patrick Vieira, Edgar Davids, Zlatan Ibrahimović und Didier Drogba halten gemeinsam einen eher unerfreulichen Rekord: Jeder von ihnen hat in der Champions League schon drei Platzverweise kassiert. Drogba ist außerdem gemeinsam mit Jens Lehmann (2006) einer von bisher nur zwei Spielern, die in einem CL-Endspiel Rot sahen (2008).

UEFA Champions League: Weitere Rekorde

Doppel-Dreier

Neunzehn Trainer haben den wichtigsten Titel des europäischen Vereinsfußballs schon je zweimal holen können, doch nur zweien war die Trophäe schon dreimal vergönnt: Bob Paisley führte den FC Liverpool 1977, 1978 und 1981 zum Titel, während Carlo Ancelotti die UEFA Champions League zweimal mit dem AC Mailand (2003, 2007) und einmal mit Real Madrid (2014) gewann.

Titelverteidiger

Neun Trainern ist es bisher gelungen, den Europapokal mit ihrer Mannschaft zu verteidigen: José Villalonga (Real Madrid, 1956 und 1957), Luis Carniglia (Real Madrid, 1958 und 1959), Béla Guttmann (Benfica Lissabon, 1961 und 1962), Helenio Herrera (Inter Mailand, 1964 und 1965), Ştefan Kovács (Ajax Amsterdam, 1972 und 1973), Dettmar Cramer (FC Bayern München, 1975 und 1976), Bob Paisley (FC Liverpool, 1977 und 1978), Brian Clough (Nottingham Forest, 1979 und 1980) und Arrigo Sacchi (AC Mailand, 1989 und 1990). Seit der Umgestaltung des Wettbewerbs zur UEFA Champions League im Jahr 1992 hat jedoch noch kein Trainer eine Titelverteidigung zustande gebracht.

Als José Mourinho 2010 mit Inter Mailand die UEFA Champions League gewann, waren die »Nerazzurri« (»Schwarz-Blauen«) der erste italienische Verein, dem ein »Triple« (Gewinn der nationalen Meisterschaft, des nationalen Pokals und der Champions League) gelungen ist.

Anderer Verein, derselbe Erfolg

Ernst Happel (ganz rechts) führte 1970 Feyenoord Rotterdam und 1983 den Hamburger SV zum Titel. Damit war er der erste Trainer, dem dies mit zwei verschiedenen Vereinen gelang. Nach ihm haben das bisher noch vier weitere Trainer geschafft: Jupp Heynckes, Ottmar Hitzfeld, José Mourinho und Carlo Ancelotti.

Im Finale dahoam

Vier Trainer halten gemeinsam den Rekord für die meisten Teilnahmen (nämlich je vier) an einem Finale des Europapokals der Landesmeister bzw. der UEFA Champions League: Miguel Muñoz (1960, 1962, 1964 und 1966 mit Real Madrid), Marcello Lippi (1996, 1997, 1998 und 2003 mit Juventus Turin), Sir Alex Ferguson (1999, 2008, 2009 und 2011 mit Manchester United) sowie Carlo Ancelotti (2003, 2005 und 2007 mit dem AC Mailand sowie 2014 mit Real Madrid).

José weiß, wie's geht

Der Portugiese José Mourinho ist der einzige Trainer in der Geschichte der UEFA Champions League, der schon mit vier verschiedenen Vereinen das Halbfinale des Wettbewerbs erreicht hat: 2004 mit dem FC Porto, 2005 und 2007 mit dem FC Chelsea, 2010 mit Inter Mailand sowie 2011, 2012 und 2013 mit Real Madrid. Schließlich auch gewonnen hat er die Champions League in den Jahren 2004 und 2010.

Die meisten gewonnenen Champions-League-Partien als Trainer

Name	Siegreiche Partien
Sir Alex Ferguson	114
Arsène Wenger	85
Carlo Ancelotti	75
José Mourinho	60
Louis van Gaal	59

Fußball-Ligen weltweit

Jedes Land, das am Weltfußball teilnimmt, verfügt über eine heimische Liga, in der seine Spitzenklubs um die nationale Meisterschaft kämpfen. Sogar der winzige Inselstaat Tuvalu im Pazifik betreibt mit seiner acht Mannschaften starken »A-Divison« eine eigene erste Liga, obwohl er nur knapp 11 000 Einwohner hat, die locker in ein mittelgroßes Fußballstadion passen würden! Das Fußballspiel entwickelte sich zwar ursprünglich in Europa, doch starke Ligen gibt es heute auf allen Kontinenten – man denke nur an die »J.League« in Japan, das »Campeonato Brasileiro de Futebol« in Brasilien oder die »Major League Soccer« in den USA und Kanada.

Lee Keun-ho (links) von Ulsan Hyundai und Kim Dae-ho von den Pohang Steelers bei einem Zweikampf. Die beiden Mannschaften wurden 2013 Vizemeister und Meister der südkoreanischen »K League Classic«. Für die Steelers war es bereits der fünfte Ligatitel – der koreanische Rekordmeister Seongnam FC holte allerdings noch zwei mehr.

HYUNDAI
Kappa
Kappa
Kappa

Brasilien: Das Campeonato Brasileiro

Brasileiro-Meister

17 Mannschaften gewannen schon die brasilianische Spitzenliga. Der FC Santos und Palmeiras führen mit je acht Triumphen die Rangliste der Titelgewinner an. Nur zwei Vereine konnten sich bisher die Meisterschaft dreimal oder öfter hintereinander sichern: der FC Santos (ab 1961 fünf Titel in Folge) und der FC São Paulo (2006, 2007, 2008). Die meisten Zuschauer, die je ein brasilianisches Ligaspiel verfolgt haben, gab es am 29. Mai 1983, an dem 155 523 Fans ins Maracanã-Stadion in Rio de Janeiro kamen, um dem 3:0-Sieg von Flamengo Rio de Janeiro über den FC Santos beizuwohnen.

Die meisten Saisontore

Nachdem Washington Stecanela Cerqueira (oben) 2004 bei Atlético Paranaense unterschrieben hatte, hinterließ er gleich einen bleibenden Eindruck: Mit 34 Treffern wurde er Torschützenkönig der Saison 2004 und gleichzeitig Rekordtorschützenkönig des Campeonato Brasileiro. In der Spielzeit 2008 wurde Washington mit 21 Treffern für Fluminense Rio de Janeiro erneut Torschützenkönig.

Rogérios Rekorde

Rogério Ceni hält zwei tolle Rekorde, die wohl lange Zeit niemand brechen wird. Der Torhüter gab 1993 sein Debüt in der brasilianischen Liga und ist immer noch aktiv – im Mai 2014 hatte er bereits sein 526. Ligaspiel absolviert, d. h. über 100 Einsätze mehr als der zweitplatzierte Brasileiro-Rekordspieler. Außerdem hat Rogério aus Frei- und Strafstößen schon 56 brasilianische Ligatore sowie insgesamt über 100 Tore für den FC São Paulo erzielt.

Dynamit im Fuß

Roberto Dinamite (der eigentlich Carlos Roberto de Oliveira heißt) hat in seiner aktiven Zeit fast nur für Vasco da Gama gespielt und ist mit den 190 Treffern, die er zwischen 1971 und 1993 in der brasilianischen Liga schoss, der Rekordtorschütze des Campeonato Brasileiro. Romário, der zweitbeste Rekordtorschütze, brachte es dagegen »nur« auf 156 Tore.

Zwei der erfolgreichsten Vereine Brasiliens – Flamengo Rio de Janeiro (links, sechs Ligatitel) und der FC Santos (acht Titel) – in der Saison 2013. Flamengo hielt in der Spielzeit mit einem Punkt knapp seinen Rekord aufrecht, noch nie aus der brasilianischen ersten Liga abgestiegen zu sein.

Wechselvolle Saison

In der Saison 2013 des Campeonato Brasileiro, in der Cruzeiro Belo Horizonte Meister wurde, gab es unglaublich viele Trainerwechsel: In der 20 Mannschaften umfassenden Liga wurde in Sachen Übungsleiter sage und schreibe 26-mal umgesattelt. Alleine Coritiba wurde in dieser Spielzeit von vier verschiedenen Trainern betreut. Vanderlei Luxemburgo, der mit fünf Meisterschaften der erfolgreichste Trainer der Liga ist, wurde zweimal gefeuert – zuerst von Grêmio Porto Alegre und danach von Fluminense Rio de Janeiro.

USA: Die Major League Soccer

MLS-Meister

D.C. United und Los Angeles Galaxy sind die erfolgreichsten Teams der MLS: Beide haben den Pokal schon viermal geholt (d. h., das Endspiel des als »MLS Cup Playoffs« bezeichneten K.-o.-Turniers, das sich an die »Regular Season« anschließt, gewonnen). Houston Dynamo, die San Jose Earthquakes und Sporting Kansas City (oben, beim Titelgewinn von 2012) konnten sich den MLS Cup je zweimal sichern.

Rekordtorschützen der MLS

Name	Tore	Spiele
Landon Donovan	137	312
Jeff Cunningham	134	365
Jaime Moreno	133	340
Ante Razov	114	262
Jason Kreis	108	305

Rekordtransfer

In der Vergangenheit sind viele der besten MLS-Spieler zu Vereinen in Europa oder Mittel- und Südamerika gewechselt. Jüngst kehrten allerdings ein paar ehemalige MLS-Stars in die Liga zurück: Clint Dempsey wechselte z. B. 2013 von Tottenham Hotspur zum Seattle Sounders FC, wobei die Transfersumme in Höhe von 9 Millionen US-Dollar einen neuen Rekord darstellte. Dieser wurde 2014 beim Wechsel vom Michael Bradley bereits wieder gebrochen: Der Toronto FC holte sich den Mittelfeldspieler und überwies dafür 10 Millionen US-Dollar an den italienischen Erstligisten AS Rom.

Der Zu-null-König

Der Torhüter Kevin Hartman hat mit drei Vereinen über 400 MLS-Einsätze absolviert und dabei über 37 000 Minuten auf dem Spielfeld zugebracht – mehr als jeder andere Spieler. Er hält mit 112 Zu-null-Partien auch den Rekord für die meisten weißen Westen.

Die halbe Miete

Das Team, das die »Regular Season« einer MLS-Spielzeit (also die Tabellenphase) als Erster abschließt, bekommt die Auszeichnung »MLS Supporters' Shield«. Für den Geehrten ist es jedoch meist ein schwieriges Unterfangen, danach auch noch den MLS-Pokal zu holen: In den ersten 18 Spielzeiten der MLS ist es dem punktbesten »Regular Season«-Team nur in sechs Fällen gelungen, auch die »Playoffs« zu gewinnen.

Am 26. April 2014 beim 4:1-Sieg gegen die Colorado Rapids: Clint Dempsey vom Seattle Sounders FC hat gerade seinen zweiten Treffer gemacht. An den ersten neun Spieltagen der MLS 2014 schoss er acht Tore und leistete drei Assists.

Siegesserie

Im September 1997 startete Los Angeles Galaxy eine Rekordserie: Bis Mai 1998 gewann das Team 14 Spiele in Folge. Teil der Serie war auch ein 7:4-Sieg gegen die Colorado Rapids, der die bisher torreichste Partie in der Geschichte der MLS darstellt. Ein paar Wochen danach sorgte Galaxy erneut für Aufsehen: Sein 8:1-Triumph über Dallas Burn (dem Vorgänger des heutigen FC Dallas) ist der höchste Sieg, der in der MLS bisher eingefahren wurde.

Schwache Leistung

In der Spielzeit 2005 stellte CD Chivas USA einen neuen Rekord auf: Das Team gewann nur vier seiner Spiele. 2013 wurde er gebrochen: D.C. United schaffte in der Saison nur drei Siege.

Japan: Die J.League

Immer dabei

Vier Mannschaften haben an allen Spielzeiten teilgenommen, die durchgeführt wurden, seit die »J.League Division 1« 1993 ihren Betrieb aufgenommen hat: die Kashima Antlers, Shimizu S-Pulse, Nagoya Grampus und die Yokohama F. Marinos. Das Nissan-Stadion der Letzteren ist die größte Arena der Liga: Es bietet 72 370 Zuschauern Platz. Außer S-Pulse haben alle diese Teams die J.League schon gewonnen.

Am 3. Juli 2013 stieg Kazuyoshi Miura zum ältesten Torschützen Japans auf: Als er bei der Zweitligabegegnung zwischen seinem Yokohama FC und dem Tochigi SC mit dem Führungstreffer den Grundstein für den 3:1-Sieg seines Teams legte, war er 46 Jahre und vier Monate alt.

Torschützenkönige der J.League nach Spielzeiten

Spielzeit	Name	Tore	Verein
2009	Ryōichi Maeda	20	Júbilo Iwata
2010	Joshua Kennedy	17	Nagoya Grampus
	Ryōichi Maeda	17	Júbilo Iwata
2011	Joshua Kennedy	19	Nagoya Grampus
2012	Hisato Satō	22	Sanfrecce Hiroshima
2013	Yoshito Ōkubo	26	Kawasaki Frontale

Ein Dutzend Buden

Die bisher torreichste Partie der J.League ereignete sich am 8. August 1998 im Nagai Stadium, als Kashiwa Reysol ein 7:5-Auswärtssieg gegen Cerezo Osaka gelang. Diese Begegnung brach den alten Rekord, der im Jahr davor aufgestellt worden war, als Kashiwa mit 4:7 gegen Bellmare Hiratsuka (dem heutigen Shonan Bellmare) verloren hatte.

Masashi, der Magier

Masashi Nakayama gab 1994 sein J.League-Debüt und war bis 2009 Stammspieler von Júbilo Iwata. Er ist mit 157 Treffern Rekordtorschütze der J.League. In der Saison 1998 wurde er mit 36 Treffern zum bisher besten Torschützenkönig der Liga; 15 dieser Tore stammten außerdem aus fünf Dreierpacks – auch das hatte es noch nie gegeben. Nachdem er noch für kurze Zeit bei Consadole Sapporo gespielt hatte, beendete Nakayama 2012 im Alter von 45 Jahren seine Laufbahn.

Meistervereine

Bisher haben neun verschiedene Klubs die J.League gewonnen. Der jüngste Titelträger, Sanfrecce Hiroshima, ist bereits der vierte Verein, dem eine Titelverteidigung gelungen ist (er war 2012 und 2013 Meister). Insgesamt sind die Kashima Antlers mit sieben Titelgewinnen die erfolgreichste Mannschaft der Liga.

Sanfrecce Hiroshima feiert den Gewinn der J.League 2013, nachdem sie die Kashima Antlers am letzten Spieltag mit 2:0 besiegt und dadurch die Tabellenspitze mit einem Punkt Abstand vor den Yokohama F. Marinos übernommen haben.

Das weiteste Kopfballtor

In der Zweitligabegegnung Yokohama FC – Fagiano Okayama FC köpfte am 30. November 2011 Ryujiro Ueda von den Gästen den Ball kraftvoll aus seiner eigenen Hälfte heraus und sah danach staunend zu, wie der Ball vor dem gegnerischen Torhüter aufsprang und über diesen hinweg in dessen Gehäuse segelte. Die Entfernung des Treffers wurde mit 57,8 Metern angegeben – neuer Weltrekord.

Weitere Liga-Rekorde

Chinese Super League

Sieben Mannschaften haben die Chinese Super League, die 1994 unter dem Namen »Jia A League« den Betrieb aufnahm, schon gewonnen. Dalian Shide ist mit acht Titeln der erfolgreichste Verein, wobei es ihm schon zweimal gelang, je dreimal hintereinander Meister zu werden. Erst vor Kurzem schaffte es mit Guangzhou Evergrande das zweite Team, den Titel dreimal hintereinander zu holen (2011, 2012, 2013).

Meister trotz Tor-Dürre

1998 gewann AIK Solna die »Allsvenskan« – so heißt die höchste schwedische Spielklasse –, obwohl der Verein in 25 Spielen nur 26 Tore zustande brachte und damit weniger als alle anderen 13 Ligakonkurrenten. In der Spielzeit 2009/10 der Ghana Premier League schossen die gerade erst aufgestiegenen Aduana Stars in 30 Spielen nur 19 Tore, holten aber dank acht 1:0-Siegen trotzdem den Titel.

Liga MX

Die mexikanische erste Liga, die früher den Namen »Primera División de México« trug und jetzt »Liga MX« heißt, ist immer hart umkämpft. Sie wurde bisher am häufigsten von den beiden Vereinen Deportivo Guadalajara und Club América gewonnen, die schon je elfmal Meister geworden sind. Hinter ihnen rangiert mit zehn Titeln Deportivo Toluca.

Australiens A-League

In der ersten Spielzeit der A-League (2005/06) stellten die New Zealand Knights einen wenig beneidenswerten Rekord auf: Sie gewannen nur ein einziges ihrer 21 Spiele. Die bisher meisten Saisonsiege – je 18 – fuhren Brisbane Roar 2010/11 und die Western Sydney Wanderers (links, in den rot-weiß gestreiften Trikots) 2012/13 ein. Brisbane Roar stellte 2010/11 mit 58 Saisontreffern auch einen neuen Rekord auf.

Die argentinische Primera División

River Plate (unten, in den weißen Trikots) ist mit über 30 Meistertiteln die erfolgreichste Mannschaft Argentiniens. Die beiden Stürmer Arsenio Erico (1933 bis 1946 für Independiente) und Ángel Labruna (1939 bis 1959 für River Plate) führen mit je 293 Toren gemeinsam die Rekordtorschützenliste der Primera División an. Der bisher jüngste Spieler der Liga ist Sergio Agüero, der 2003 bei Independiente sein Debüt gab und da erst 15 Jahre und 35 Tage alt war.

2013 bei einer Ligabegegnung zwischen den beiden erfolgreichsten uruguayischen Vereinen: Jonathan Rodríguez von Peñarol versucht, den Ball vor Diego Arismendi von Nacional abzuschirmen. Peñarol beansprucht für sich, schon 49-mal Meister geworden zu sein, Nacional wurde es 44-mal.

Rekordmeister

In Südamerika hat wohl Peñarol aus Uruguay mit 49 Meisterschaften die meisten Ligatitel des Kontinents eingefahren. Bei den afrikanischen Rekordmeistern führt al Ahly Kairo aus Ägypten mit 36 nationalen Titelerfolgen die entsprechende Rangliste an. In Asien wird der kontinentale Rekord von South China AA gehalten, der schon 41-mal Meister wurde und über lange Strecken die Hong Kong First Divison League dominierte.

Internationale Vereinswettbewerbe

Fünf der sechs Fußball-Kontinentalverbände halten eine »Champions League« ab, in der sich jeweils die besten Mannschaften der verschiedenen Mitgliedsländer miteinander messen; in Südamerika trägt der vergleichbare internationale Wettbewerb für Vereinsmannschaften den Namen »Copa Libertadores« und wird von 38 Klubs bestritten. Die Gewinner dieser sechs Klubwettbewerbe tragen jährlich im Sommer miteinander ein kurzes Turnier aus, das »FIFA Klub-Weltmeisterschaft« heißt.
Neben der UEFA Champions League (die früher »Europapokal der Landesmeister« hieß) wurden und werden in Europa noch weiterere internationale Vereinswettbewerbe abgehalten. Dazu zählen der UEFA Intertoto Cup (kurz »UI-Cup«, 1961–2008), der Europapokal der Pokalsieger (1960–1999) und der Messestädte-Pokal. Letzterer wurde 1955 zum ersten Mal ausgespielt und 1971 vom UEFA-Pokal abgelöst, aus dem wiederum 2009 die UEFA Europa League entstand.

Bei der zweiten der beiden Endspiel-Partien der AFC Champions League 2013: Xuri Zhao (rotes Trikot) von Guangzhou Evergrande kämpft mit Sergio Escudero vom FC Seoul um den Ball. Evergrande behielt in dem aus Hin- und Rückspiel bestehenden Finale die Oberhand und war damit der erste Titelgewinner aus China.

恒大冰泉
长白山天然矿泉水
37
9
37

Die UEFA Europa League

Ganz Europa ist dabei

Die bisherigen Gewinner der Europa League (bzw. des UEFA-Pokals) kommen aus elf Ländern – von Portugal ganz im Westen (FC Porto, 2003, 2011) bis hin zu Ländern im Osten wie Russland (Zenit Sankt Petersburg, 2008), Türkei (Galatasaray Istanbul, 2000) und Ukraine (Schachtjor Donezk, 2009). Italien führt die Länderwertung an: Mit neun Erfolgen erzielten italienische Teams die bisher meisten Titelgewinne.

Schützenfest

Mehrere Runden des Turniers werden in zweiteiligen Begegnungen mit Hin- und Rückspiel ausgetragen. Den bisher höchsten Gesamtsieg aus zwei Partien gab es 1972: Der niederländische Klub Feyenoord Rotterdam schlug US Rumelange aus Luxemburg im Hinspiel zu Hause 9:0 und im Rückspiel 12:0, woraus sich insgesamt ein 21:0-Sieg ergab. Mit den Red Boys Differdange erlitt ein weiterer Klub aus Luxemburg die bisher höchste Niederlage in einer einzelnen Partie: Er unterlag 1984 auswärts im Rückspiel gegen Ajax Amsterdam mit 0:14, wobei Marco van Basten für fünf der Treffer sorgte.

Rekordtorschützen

Henrik Larsson führt mit 40 Treffern aus 56 Spielen die Rekordtorschützenliste des Wettbewerbs an; er erzielte die Tore für Feyenoord Rotterdam, Celtic Glasgow (rechts) und Helsingborgs IF. Auf dem zweiten Platz hinter dem schwedischen Stürmer rangiert Radamel Falcao. Seit seinem Wechsel nach Europa im Jahr 2010 bestritt der kolumbianische Stürmer 33 Europa-League-Partien und traf dabei 31-mal.

Rekordspieler UEFA-Pokal/UEFA Europa League

Name	Spiele
Giuseppe Bergomi	96
Frank Rost	90
Walter Zenga	69
Walid Badir	67
Dimitrios Salpingidis	67
Enzo Scifo	66

Die Spieler des FC Sevilla feiern mit dem Pokal den Gewinn der UEFA Europa League 2014. Zu Beginn des Wettbewerbs musste der Klub zuerst in der 3. Qualifikationsrunde und in den Play-offs antreten – beide Male schlug er den Gegner mit 9:1 in Hin- und Rückspiel.

Dreifachserien

Nur vier Vereine haben es bisher geschafft, den UEFA-Pokal bzw. die UEFA Europa League dreimal zu gewinnen: Juventus Turin (1977, 1990, 1993), Inter Mailand (1991, 1994, 1998), der FC Liverpool (1973, 1976, 2001) und der FC Sevilla. Letzterer holte den Titel 2006 und verteidigte ihn 2007 (Real Madrid ist die einzige weitere Mannschaft, der bisher eine Titelverteidigung gelang). Den dritten Titel holte Sevilla 2014, wo es das Endspiel gegen Benfica Lissabon mit 4:2 i. E. gewann.

Die Copa Libertadores

Die großen Drei

Mannschaften aus den großen Drei – d. h. aus den südamerikanischen Ländern Argentinien, Brasilien und Uruguay – haben zusammen bisher 47 der 54 Copa-Libertadores-Austragungen gewonnen. Der erfolgreichste Verein ist Independiente aus Argentinien: Er hat alle sieben Endspiele gewonnen, die er erreicht hat (1964–1965, 1972–1975, 1984).

Neymar – hier noch in Diensten vom FC Santos – feiert einen der acht Treffer, die er bei der Copa Libertadores 2012 erzielt hat. Damit war er mit Matías Alustiza vom ecuadorianischen Verein Deportivo Quito Rekordtorschütze dieser Auflage des Wettbewerbs.

Allzeit bereit

Ever Hugo Almeida, der langjährige Torhüter von Club Olimpia Asunción aus Paraguay, ist mit 113 Copa-Libertadores-Spielen, die er zwischen 1973 und 1990 absolvierte, der Rekordspieler des Wettbewerbs. In seiner 70. Partie 1984 gegen die Estudiantes de La Plata besorgte er sogar den Siegtreffer, als er einen Foulelfmeter verwandelte.

Stammgäste im Finale

Peñarol aus Uruguay und die Boca Juniors aus Argentinien halten mit je zehn Endspielen gemeinsam den Rekord für die meisten Finalteilnahmen. Club Olimpia aus Paraguay ist der erfolgreichste Verein aus einem Land, das nicht zu den großen Drei gehört (siehe oben): Er hat den Titel 1979, 1990 und 2002 geholt und ist schon viermal Zweiter geworden (1960, 1989, 1991 und 2013).

Die Wundertüte von 2014

Die Copa Libertadores 2014 war voller Überraschungen: Alle sechs brasilianischen Teilnehmer schieden vor dem Halbfinale aus, während Defensor Sporting Club aus Uruguay (rechts, mit den blauen Trikots) und Club Nacional aus Paraguay zum ersten Mal dorthin vordrangen. Das zweite Halbfinale bestritten der Club Bolívar aus Bolivien, der erst einmal so weit gekommen war (1986), und der CA San Lorenzo de Almagro aus Argentinien, der zuletzt 1988 in einem Halbfinale gestanden hatte.

Rekordtorschützen der Copa Libertadores

Name	Tore	Verein
Alberto Spencer	54	Peñarol, Barcelona SC
Fernando Morena	37	Peñarol
Pedro Rocha	36	Peñarol, FC S. P., Palmeiras S. P.
Daniel Onega	31	River Plate
Julio Morales	30	Nacional Montevideo

Copa Libertadores 2013: Atlético Mineiro aus Brasilien freut sich über seinen ersten Triumph in diesem Wettbewerb. Wegen der beiden Tore, die Atlético im Finalrückspiel erzielte, wurde der Gewinner durch Elfmeterschießen ermittelt. Atlético behielt mit 4:3 die Oberhand über Club Olimpia.

Tore über Tore

1976 traf Félix Suárez von Alianza Lima aus Peru gegen Santa Fe aus Kolumbien nur sechs Sekunden nach dem Anstoß – und erzielte so das bisher schnellste Tor des Wettbewerbs. 1985 stellte Juan Carlos Sánchez den Rekord für die meisten Tore eines Spielers in einer Partie auf: An der 8:0-Klatsche, die sein bolivianischer Club Blooming dem venezolanischen Deportivo Italia verpasste, hatte er mit sechs Treffern maßgeblichen Anteil.

Die FIFA Klub-Weltmeisterschaft

Frühe Meister

Ein Wettkampf zwischen den Siegerklubs von verschiedenen Kontinentalverbänden wurde 1960 erstmals abgehalten: Bei der Erstauflage des »Weltpokals« siegte Real Madrid gegen Peñarol aus Uruguay. In diesem Wettbewerb, der bis 2004 ausgetragen wurde, traten die Siegerklubs des südamerikanischen und des europäischen Fußballverbandes gegeneinander an. Fünf Vereinen – Nacional, Peñarol, den Boca Juniors, dem AC Mailand und Real Madrid – gelang es, den Weltpokal je dreimal zu gewinnen.

Beim Endspiel der FIFA Klub-WM 2013: Franck Ribéry vom FC Bayern München versucht, einem Spieler von Raja Casablanca den Ball abzunehmen. Die Bayern hatten in der Partie 73 % Ballbesitz und Ribéry wurde anschließend zum Mann des Spiels gewählt.

Hallo Welt!

Die FIFA Klub-Weltmeisterschaft wurde 2000 als Versuch erstmalig ausgetragen und ersetzte ab 2005 den alten Weltpokal. Zu dem Wettbewerb werden die Siegerklubs aller sechs Kontinentalverbände eingeladen, wobei die Mannschaften aus Südamerika und Europa erst ab dem Halbfinale in das Geschehen eingreifen und das Gastgeberland automatisch einen Startplatz hat. 2000 schickte der Gastgeber Brasilien noch zwei Mannschaften ins Rennen, die auch beide ins Finale kamen.

Gib mir fünf

Der ägyptische Verein al Ahly (rechts) und Auckland City aus Neuseeland halten mit je fünf Turnieren den Rekord für die meisten Teilnahmen an der FIFA Klub-WM. Bis auf eine einzige Mannschaft stammten alle Teams, die bisher die CONCACAF (also den Kontinentalverband von Nord- und Mittelamerika) vertreten haben, aus Mexiko – die Ausnahme stellte 2005 Deportivo Saprissa aus Costa Rica dar.

Tore zuhauf

Der argentinische Stürmer César Delgado ist mit fünf Treffern der Rekordtorschütze der FIFA Klub-WM. Sein Verein, der CF Monterrey aus Mexiko, hat in dem Wettbewerb schon 16 Treffer erzielt und nimmt damit in der Wertung »Verein mit den meisten Klub-WM-Toren« den zweiten Platz hinter dem FC Barcelona (17 Tore) ein. Pep Guardiola, der den FC Barcelona 2009 und 2011 sowie den FC Bayern München 2013 coachte, ist der einzige Trainer, der die FIFA Klub-WM schon dreimal gewonnen hat.

Titelgewinner der FIFA Klub-Weltmeisterschaft

2000	Corinthians São Paulo (Brasilien)
2005	FC São Paulo (Brasilien)
2006	SC Internacional (Brasilien)
2007	AC Mailand (Italien)
2008	Manchester United (England)
2009	FC Barcelona (Spanien)
2010	Inter Mailand (Italien)
2011	FC Barcelona (Spanien)
2012	Corinthians São Paulo (Brasilien)
2013	FC Bayern München (Deutschland)

Afrika!

Tout Puissant Mazembe aus der Demokratischen Republik Kongo war 2010 der erste afrikanische Verein, der es in das Endspiel der Klub-WM schaffte. Der marokkanische Verein Raja Casablanca tat es ihm drei Jahre später gleich, doch wie Mazembe konnte er das Finale nicht für sich entscheiden: Der FC Bayern München – die erste deutsche Mannschaft in dem Wettbewerb – besiegte ihn mit 2:0.

TEIL 2: INTERNATIONALER FUSSBALL

Das allererste Länderspiel überhaupt wurde 1872 ausgetragen: Damals trafen Schottland und England vor ca. 4000 Zuschauern aufeinander und trennten sich schließlich 0:0 unentschieden. Heute stellen über 200 Länder ihre besten Spieler in einer Nationalelf zusammen, um mit ihr Partien gegen internationale Gegner zu bestreiten. Diese Nationalmannschaften konkurrieren in Freundschaftsspielen, Qualifikationsspielen und Wettbewerben des eigenen Kontinents; außerdem messen sie sich in der Weltmeisterschaft, dem größten internationalen Wettbewerb. In der Qualifikation zur FIFA WM 2002 stellte Australien einen neuen Rekord auf: Mit 31:0 Toren, dem bisher höchsten Sieg in einem internationalen Vergleich, besiegte es Amerikanisch-Samoa, wobei 13 Treffer auf das Konto von Stürmer Archie Thompson gingen.

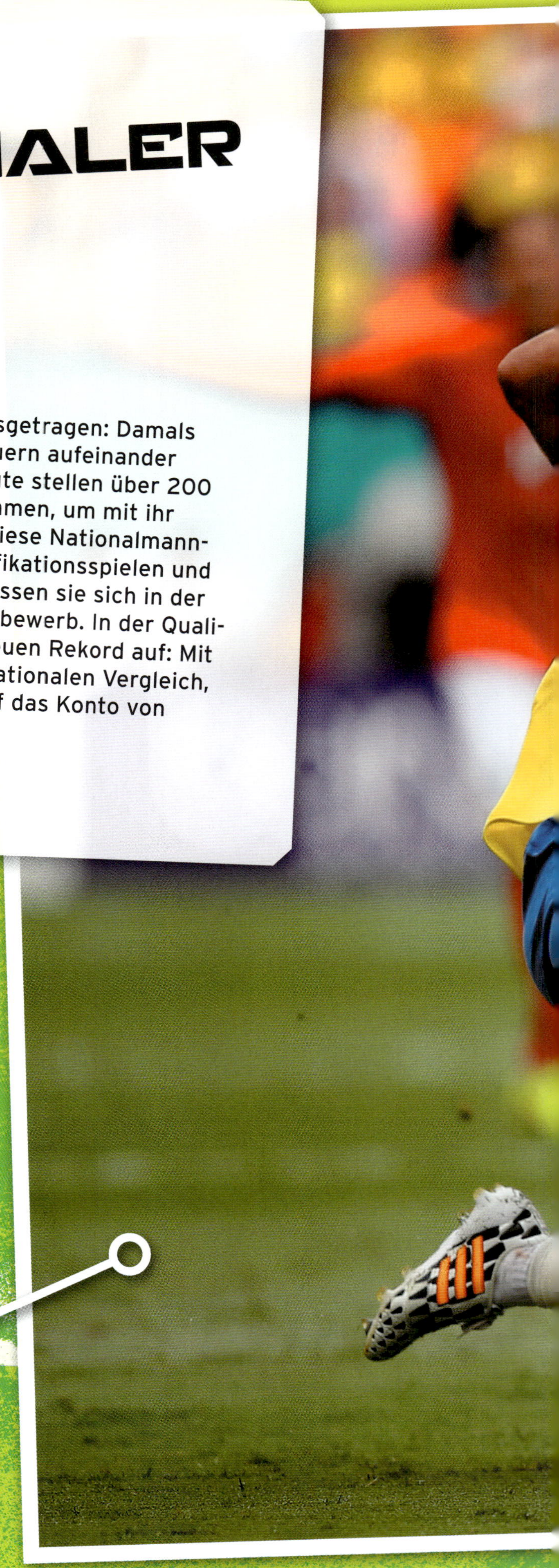

Bei einem Freundschaftsländerspiel kurz vor der FIFA WM 2014: Jack Wilshere von der englischen Auswahl versucht, dem Tackling von Christian Noboa aus Ecuador zu entgehen. Die Partie endete 2:2 unentschieden und war das 931. offizielle Länderspiel der englischen Nationalmannschaft.

7

Die FIFA Weltmeisterschaft

Die FIFA Fußballweltmeisterschaft ist der glanzvollste Wettbewerb überhaupt und wird alle vier Jahre abgehalten. Die erste Weltmeisterschaft fand 1930 in Uruguay statt; nur 13 Länder nahmen daran teil. An der Qualifikation für die 20. Auflage des Turniers, die 2014 in Brasilien ausgetragen wurde, nahmen dagegen 202 Verbände teil – in der Hoffnung, einen der 32 Startplätze zu ergattern, die für die besten Teams der Welt zur Verfügung standen. Im Laufe der Jahre hat die FIFA Weltmeisterschaft für zahllose dramatische Momente, strittige Szenen und wunderbare Tore gesorgt. Die bisher meisten Turniertore gab es mit je 171 Treffern bei den Weltmeisterschaften von 1998 und 2014. Insgesamt sind schon 2379 WM-Tore gefallen, wobei das elegante Siegtor von Mario Götze in der 113. Minute des Endspiels von 2014 das bisher letzte war.

Das Halbfinale der FIFA WM 2014, bei dem Deutschland dem Gastgeber Brasilien eine historische 7:1-Klatsche verpasste, war das erste überhaupt, bei dem eine Mannschaft sieben Treffer erzielt hat. Die ersten fünf Tore für die Deutschen fielen innerhalb von nur 29 Minuten – noch nie sind bei einer WM-Endrunde so viele Tore in so kurzer Zeit erzielt worden.

adidas
DFB

FIFA Weltmeisterschaft: Mannschaften

Glanzvolle Tage

Brasilien hat die FIFA Weltmeisterschaft schon fünfmal gewonnen – keine andere Nation hat den Titel so oft geholt. Es ist das einzige Land, das an allen WM-Endrunden teilgenommen hat; in sieben davon blieb es in der regulären Spielzeit ungeschlagen (1958, 1962, 1970, 1978, 1986, 1994, 2002). Brasilien spielte bis zu der überraschenden Niederlage, die es bei der FIFA WM 1950 im letzten Spiel der Finalrunde gegen Uruguay kassierte, in weißen Trikots. Danach ging es zu den berühmten gelb-blauen Trikots über.

Die meisten gewonnenen FIFA Weltmeisterschaften

5	Brasilien (1958, 1962, 1970, 1994, 2002)
4	BRD/Deutschland (1954, 1974, 1990, 2014)
4	Italien (1934, 1938, 1990, 2006)
2	Argentinien (1978, 1986)
2	Uruguay (1930, 1950)
1	England (1966)
1	Frankreich (1998)
1	Spanien (2010)

Erfolgreiche Spanier

Als Spanien 2010 in Südafrika den Titel holte, war es nach Brasilien und Argentinien erst die dritte Mannschaft, die den Titel außerhalb des eigenen Kontinerts holen konnte (Deutschland brachte das als vierte Mannschaft 2014 zustande). Die acht Tore, die Spanien 2010 schoss, waren die wenigsten Treffer, die ein Sieger eines WM-Turniers bisher erzielte. Es waren sechs Tore weniger als die meisten Gegentore, die es für einen Sieger einer WM bisher gesetzt hat: 14-mal zappelte 1954 das Leder im Netz der Bundesrepublik Deutschland, bis sie den WM-Pokal in Händen hielt.

Pionierleistung

Das deutsche Team begann die FIFA WM 2014 mit einem Paukenschlag: Im ersten Gruppenspiel besiegte es Portugal mit 4:0. Auch in den beiden weiteren Gruppenspielen blieb es ungeschlagen. Nach knappen Siegen gegen Algerien (2:1) und Frankreich (1:0) zog es in das Halbfinale ein, wo es sieben seiner insgesamt 18 Turniertore erzielte und Brasilien ausschaltete. Im packenden Finale gegen Argentinien gab es Chancen auf beiden Seiten, doch in der Nachspielzeit erlöste Mario Götze (unten) die deutsche Elf schließlich mit seinem Siegtreffer. Die Truppe von Jogi Löw war die erste europäische Mannschaft, die eine WM auf südamerikanischem Boden gewinnen konnte.

Erste WM-Tore

Bei bisher fünf WM-Endrunden erzielte der Gastgeber den Premierentreffer. Dazu gehört auch die WM von 2014, wo der Brasilianer Marcelo im Eröffnungsspiel das erste Tor des Turniers schoss – dabei handelte es sich jedoch um ein Eigentor, das den Gegner Kroatien in Führung brachte. Das allererste WM-Tor erzielte der Franzose Lucien Laurent 1930 im Eröffnungsspiel gegen Mexiko.

WM-K.o.

Zu den großen WM-Überraschungen zählen die Niederlagen von Argentinien gegen Kamerun beim Turnier von 1990 und von Frankreich gegen den Senegal beim Turnier von 2002. Bei der letzteren WM war Frankreich der erste Titelverteidiger, der ohne einen einzigen Treffer aus einem Turnier ausgeschieden ist. Dem Titelverteidiger Spanien erging es 2014 nicht viel besser: Schon nach seinen ersten beiden Gruppenspielen, die er mit 1:5 gegen die Niederlande und 0:2 gegen Chile (links) verlor, war sein WM-Aus besiegelt.

FIFA Weltmeisterschaft: Weitere Mannschaften

Stammgäste im Finale

Die Niederlande haben schon drei WM-Endspiele bestritten (1974, 1978 und (oben) 2010), aber keines davon gewonnen. Deutschland bzw. die BRD ist schon viermal Zweiter geworden und hält mit acht bestrittenen Endspielen den Rekord für die meisten Finalteilnahmen; auf dem zweiten Platz folgt Brasilien mit sieben Endspielen.

Hohe Siege

Den bisher höchsten WM-Sieg gab es 1982: Bei dem Turnier zerlegte Ungarn El Salvador mit 10:1. Ungarn mischte schon in einer anderen 11-Tore-WM-Partie mit: 1954 schlug es die Bundesrepublik Deutschland mit 8:3. Bei demselben Turnier ereignete sich auch die bisher torreichste WM-Partie: In einem echten Fußballkrimi gewann die Schweiz mit 7:5 gegen Österreich.

Jeder will dabei sein

Die WM-Startplätze sind hart umkämpft, und bisher sind schon über 130 Länder dabei gescheitert, sich für die Weltmeisterschaft zu qualifizieren. Bosnien und Herzegowina war 2014 der bisher letzte WM-Neuling. Seit den 1940er-Jahren ist der dritte Platz die beste Platzierung, die ein WM-Debütant bisher erreichen konnte (Portugal 1966 und Kroatien 1998).

2014 beim Gruppenspiel Argentinien – Bosnien und Herzegowina: Der argentinische Mannschaftskapitän Lionel Messi attackiert Zvjezdan Misimović. Messi wurde bei dieser WM-Endrunde als Spieler des Turniers mit dem Goldenen Ball ausgezeichnet.

Brasiliens Lauf

Unter der Leitung von Luiz Felipe Scolari startete Brasilien bei der FIFA WM 2002 – der bisher einzigen Auflage, die mit Südkorea und Japan von zwei Ländern ausgerichtet wurde – eine Siegesserie: Bis zum Viertelfinale von 2006 gewann es alle seine elf WM-Spiele. Scolari wurde für die WM 2014 erneut zum Nationaltrainer von Brasilien berufen, trat aber nach zwei heftigen Niederlagen gegen Deutschland und die Niederlande wieder zurück.

Der erste Sieg

Bulgarien musste sechs Turniere lang auf seinen ersten WM-Sieg warten: Nach 17 sieglosen Partien gewann es 1994 zum ersten Mal bei einer Weltmeisterschaft – gegen Griechenland behielt es mit 4:0 die Oberhand. Dieser Triumph stellte für Bulgarien auch den Beginn einer Siegesserie dar: Es schlug Argentinien, warf Mexiko und Titelverteidiger Deutschland aus dem Rennen und beendete das Turnier als Vierter.

FIFA Weltmeisterschaft: Spieler

Zackige Buden

Bei der FIFA WM 2002 schoss der Türke Hakan Şükür (links, im weißen Trikot) im Spiel um Platz drei das schnellste WM-Tor: Nur elf Sekunden nach dem Anpfiff erzielte er den Führungstreffer gegen Südkorea. Bei der vorhergehenden WM hatte der Däne Ebbe Sand den nigerianischen Torhüter Peter Rufai nur 16 Sekunden nach seiner Einwechslung überwinden können – der bisher schnellste WM-Treffer durch einen Einwechselspieler.

Miro macht's

Sowohl Ronaldo als auch Miroslav Klose erzielten ihren 15. WM-Treffer jeweils gegen Ghana – der Brasilianer 2006, der deutsche Nationalspieler 2014. Klose erhöhte dann im Halbfinale gegen Brasilien sein Torkonto noch um einen Zähler: In der 23. Minute netzte er zum 2:0 ein und ist mit 16 Treffern nun der WM-Rekordtorschütze.

Rekordtorschützen der FIFA Weltmeisterschaft

Name	Land	WM-Endrunden	Tore
Miroslav Klose	Deutschland	2002, 2006, 2010, 2014	16
Ronaldo	Brasilien	1998, 2002, 2006	15
Gerd Müller	Deutschland	1970, 1974	14
Just Fontaine	Frankreich	1958	13
Pelé	Brasilien	1958, 1962, 1966, 1970	12

Quali-Rekorde

Insgesamt wurden bisher über 6400 WM-Qualifikationsspiele ausgetragen. 159 davon absolvierte Mexiko – mehr als jede andere Mannschaft. Die meisten Treffer in WM-Qualifikationsspielen hat Ali Daei aus dem Iran geschossen, der in vier WM-Vorrunden insgesamt 35-mal getroffen hat. Vier dieser Treffer schenkte er in der Qualifikation zur FIFA WM 1998 den Malediven ein. Sie kassierten in dieser Vorrunde in nur sechs Spielen insgesamt 59 Tore und halten damit den Rekord für die meisten Gegentore in einer WM-Qualifikation.

Jungspund

Edson Arantes do Nascimento ist auf der ganzen Welt besser unter dem Namen »Pelé« bekannt. Er ist der einzige Spieler, der dreimal Weltmeister geworden ist (1958, 1962, 1970). Während des Turniers von 1958 (oben) stellte der damals 17-jährige Brasilianer in zehn Tagen drei Torrekorde auf: Mit seinem Treffer gegen Wales rückte er zum jüngsten Torschützen der WM auf, mit seinem Dreierpack im Halbfinale gegen Frankreich wurde er zum jüngsten WM-Hattrickschützen und mit seinem Treffer im Endspiel gegen Schweden wurde er zum jüngsten Torschützen eines WM-Finales.

Der deutsche Nationalspieler Miroslav Klose feiert 2014 im Halbfinale gegen Brasilien seinen 16. WM-Treffer, der ihn zum alleinigen WM-Rekordtorschützen machte. Klose ist auch der Rekordtorschütze von Deutschland: 71-mal hat er für die Nationalelf getroffen. Gerd Müller rangiert mit drei Toren weniger hinter ihm auf dem zweiten Platz.

Nur zwei Fünfer

Nur zwei Spieler haben schon an fünf FIFA Weltmeisterschaften teilgenommen. Der mexikanische Torhüter Antonio Carbajal absolvierte fünf WM-Endrunden in Folge (1950–1966), in denen er insgesamt elf WM-Partien bestritt. Dabei kassierte er jedoch auch 25 Gegentore – ein unerwünschter Rekord, den der Saudi-Araber Mohammad ad-Daʿayyaʿ aber 2002 einstellte. Der zweite fünffache WM-Teilnehmer ist der deutsche Mittelfeldspieler und Libero Lothar Matthäus, der mit insgesamt 25 Partien die meisten WM-Spiele bestritt.

FIFA Weltmeisterschaft: Weitere Spieler

Torhüter-Rekorde

Zwei Torhüter halten den Rekord für die meisten weißen Westen bei der Weltmeisterschaft: Sowohl Peter Shilton (1982, 1986, 1990) als auch Fabien Barthez (1998, 2002, 2006) absolvierten zehn WM-Partien zu null. Der Schweizer Torhüter Pascal Zuberbühler (links) kassierte 2006 keinen einzigen Treffer in der regulären Spielzeit oder in der Verlängerung. Als Südkorea 1954 sein WM-Debüt gab, musste dagegen Hong Duk-Yung in zwei Spielen 16-mal den Ball hinter sich aus dem Netz holen.

Dreierpack-Helden

Vier Spieler schossen schon je zwei Dreierpacks bei der Weltmeisterschaft. Sándor Kocsis (1954), Just Fontaine (1958) und Gerd Müller (1970) gelangen sie innerhalb eines Turniers, während Gabriel Batistuta seinen ersten 1994 gegen Griechenland eintütete und den zweiten 1998 gegen Jamaika. Der einzige Einwechselspieler, der bisher einen Dreierpack zustande gebracht hat, war 1982 László Kiss aus Ungarn. Seine drei Treffer innerhalb von neun Minuten stellen auch den schnellsten WM-Dreierpack dar.

Jüngster und Ältester

Der bisher jüngste Spieler bei einer WM war 1982 Norman Whiteside: Als er gegen Jugoslawien für Nordirland auflief, war er erst 17 Jahre und 41 Tage alt. Tony Meola aus den USA war der bisher jüngste Kapitän bei der Weltmeisterschaft: Als er 1990 seine Mannschaft gegen die Tschechoslowakei anführte, war er erst 21 Jahre alt. 2014 wurde der Torhüter Faryd Mondragón aus Kolumbien zum ältesten WM-Spieler aller Zeiten: Als er beim 4:1-Sieg über Japan in die kolumbianische Elf eingewechselt wurde, war er bereits 43 Jahre und drei Tage alt.

Bruderduell

Bei der Weltmeisterschaft spielten schon über 50 Bruderpaare, doch nur eines davon ist bisher in einem Spiel für unterschiedliche Mannschaften aufeinandergetroffen: Jérôme Boateng für Deutschland und Kevin-Prince Boateng für Ghana bei den Weltmeisterschaften von 2010 und 2014 (links beide bei der WM 2014). Zwei Bruderpaare sind schon Weltmeister geworden: 1954 Fritz und Ottmar Walter mit der Bundesrepublik Deutschland und 1966 Jack und Bobby Charlton mit England.

Jedes Spiel ein Treffer

Schon zwei Spieler waren jeweils in sechs aufeinanderfolgenden Partien einer WM-Endrunde als Torschützen erfolgreich: Just Fontaine 1958 für Frankreich und Jairzinho 1970 für Brasilien. James Rodríguez kam bei der FIFA WM 2014 beinahe an diesen Rekord heran – er traf in jedem der fünf Spiele, die Kolumbien bei dem Turnier bestritt, mindestens einmal. Die 13 Treffer, die Fontaine 1958 erzielte, sind immer noch die meisten Tore, die ein Spieler bei ein und derselben WM-Endrunde erzielt hat.

Bei der FIFA WM 1994: Roger Milla hat beim 1:6 gegen Russland gerade das einzige Tor für Kamerun geschossen. Zu dem Zeitpunkt war Milla 42 Jahre und 39 Tage alt und ist damit immer noch der älteste WM-Torschütze.

Meiste Tore

Die meisten Tore in einer einzelnen WM-Endrunden-Partie erzielte der Russe Oleg Salenko 1994: Im Gruppenspiel gegen Kamerun netzte er innerhalb von 60 Minuten fünfmal ein. Ernest Wilimowski traf 1938 im Achtelfinale gegen Brasilien viermal für Polen, doch seine Mannschaft verlor schließlich mit 5:6 n.V.

FIFA Weltmeisterschaft: Weitere Rekorde

Ausländische Trainer

Bisher hat noch kein Land eine WM gewinnen können, das von einem Trainer aus dem Ausland geführt wurde. Trotzdem stammten bei der FIFA WM 2014 14 der 32 Trainer nicht aus dem Land, das sie als Trainer betreuten. Dazu gehörten u. a. der Italiener Fabio Capello (Russland), der Deutsche Jürgen Klinsmann (USA, links) und die Argentinier José Pékerman (Kolumbien) und Jorge Sampaoli (Chile).

Erfolgreiche Bosse

Vittorio Pozzo war der Vater der beiden aufeinanderfolgenden italienischen Titelerfolge von 1934 und 1938 und ist der einzige Trainer, der schon zweimal Weltmeister geworden ist. Nur zwei Personen sind bereits sowohl als Spieler als auch als Trainer zum WM-Titel gekommen: Franz Beckenbauer mit Deutschland (1974 und 1990) und Mário Zagallo mit Brasilien (1958 und 1962 als Spieler, 1970 als Trainer).

Spitzentrainer

Helmut Schön hat die BRD bei vier WMs (1966–1978) trainiert und hält mit 25 Spielen den Rekord für die meisten WM-Partien als Trainer. Unter ihm wurde Deutschland 1966 Zweiter, 1970 Dritter und 1974 Weltmeister. Der Brasilianer Carlos Alberto Parreira ist der einzige Trainer, der mit verschiedenen Teams schon an sechs WMs teilgenommen hat, darunter auch mit Kuwait (1982), Brasilien (1994 und 2006) und Südafrika (2010).

Schiri-Rekorde

Mit seinen vier Einsätzen 2014 und seinen fünf Einsätzen 2010 ist Ravshan Ermatov aus Usbekistan der Schiedsrichter, der die meisten WM-Partien geleitet hat. Drei Unparteiische haben bei der Weltmeisterschaft schon je achtmal gepfiffen: Joël Quiniou aus Frankreich, Benito Archundia aus Mexiko und Jorge Larrionda aus Uruguay.

Platzverweise

Die schnellste Rote Karte der Weltmeisterschaft gab es 1986: Wegen eines Fouls am Schotten Gordon Strachan wurde der uruguayische Verteidiger José Batista nach nur 56 Sekunden vom Platz gestellt. Beim Turnier von 2002 wurde der Argentinier Claudio Caniggia (rechts) sogar schon des Platzes verwiesen, bevor er überhaupt den Rasen betreten hatte: Auf der Ersatzbank sitzend, hatte er im Spiel gegen Schweden den Schiedsrichter Ali Bujsaim beleidigt.

Rot-Festival

Bei der FIFA WM 2006 stellte der russische Schiedsrichter Walentin Iwanow in der ruppigen Begegnung zwischen Portugal und den Niederlanden einen neuen Rekord für die meisten Platzverweise in einem WM-Spiel auf: Er zeigte 16 Gelbe Karten, vier davon als Gelb-Rote Karte. Neun der Verwarnungen gingen an Portugal, das damit mit den Niederlanden den Rekord für die meisten Gelben Karten in einer WM-Partie hält – die Holländer sahen im Endspiel von 2010 auch neunmal Gelb.

2006 bei dem als »Schlacht von Nürnberg« bekannt gewordenen WM-Achtelfinale Portugal – Niederlande: Walentin Iwanow zeigt dem Portugiesen Costinha die zweite Gelbe Karte. Costinha war einer von vier Spielern, die einen Platzverweis kassierten – Weltrekord.

FIFA Weltmeisterschaft: Noch mehr Rekorde

WM-Ausrichter

Brasilien war 2014 das fünfte Land, das die FIFA Weltmeisterschaft schon zum zweiten Mal ausrichtete. Die anderen vier waren Mexiko (1970 und 1986), Italien (1934 und 1990), Frankreich (1938 und 1998) und die BRD bzw. Deutschland (1974 und 2006). Kolumbien hatte ursprünglich den Zuschlag für die Ausrichtung des Turniers von 1986 bekommen, verzichtete aber 1982 wegen finanzieller Schwierigkeiten.

Elfmeterschießen

Das erste Elfmeterschießen zur Entscheidung einer mit Gleichstand zu Ende gegangenen WM-Partie gab es 1982. Dabei schlug Deutschland Frankreich mit 5:4. Deutschland weist auch die beste Siegquote im Elfmeterschießen auf: Bisher musste es viermal antreten und behielt immer die Oberhand. England (rechts) hat die schlechteste Quote: In allen seinen drei WM-Elfmeterschießen scheiterte es. Zwei WM-Finale sind per Elfmeterschießen entschieden worden, in beiden Fällen war Italien beteiligt: 1994 verlor es gegen Brasilien, aber 2006 gegen Frankreich gewann es.

Späte Rückkehr

Den Rekord für die längste Zeitspanne zwischen zwei Endrunden-Teilnahmen hält Elba de Pádua Lima, der besser unter dem Namen »Tim« bekannt ist: Der Brasilianer nahm an der FIFA WM 1938 als Spieler teil und trainierte dann beim Turnier von 1982 Peru – er kehrte also erst nach 44 Jahren wieder zur WM zurück.

Die meisten Zuschauer

Das Endspiel der Weltmeisterschaft von 1950 lockte die bisher größte Zuschauermasse eines WM-Spiels an: Die damalige Zuschauerzahl im Maracanã in der brasilianischen Metropole Rio de Janeiro wird offiziell mit 173 850 Menschen angegeben, verschiedene Berichte deuten aber darauf hin, dass dort eher 200 000 Zuschauer zugegen gewesen sein dürften.

Höchste Gesamtzuschauerzahlen bei der FIFA Weltmeisterschaft

Zuschauerzahl	Gastgeber	Jahr
3 587 538	USA	1994
3 429 873	Brasilien	2014
3 359 439	Deutschland	2006
3 178 856	Südafrika	2010
2 785 100	Frankreich	1998

Neuerungen

Das erste Turnier, bei dem Gelbe und Rote Karten zum Einsatz kamen, war die FIFA WM 1970, doch erst 1974 wurde der erste Spieler in einer WM-Partie vom Platz gestellt. Bei der FIFA WM 2014 wurde zum ersten Mal die Torlinientechnik verwendet, um festzustellen, ob ein Ball die Torlinie mit seinem ganzen Umfang überquert hat. Bei diesem Turnier setzten die Schiedsrichter auch zum ersten Mal Spraydosen mit selbstauflösendem Sprühschaum ein, um den Abstand zu markieren, den die gegnerischen Abwehrspieler beim Freistoß einhalten müssen (links).

Die UEFA Europameisterschaft

Jahrzehntelang hatte man schon über die Einführung eines europaweiten Wettbewerbs für die Nationalmannschaften des Kontinents diskutiert, als 1958 endlich die erste UEFA Europameisterschaft gestartet wurde und 1960 den ersten Europameister lieferte. Seither wird der Wettbewerb alle vier Jahre abgehalten. Am Anfang waren die Turniere von langen Qualifikationsrunden geprägt, die in einer Finalrunde mit nur vier Teilnehmern mündeten. 1980 wurde die Anzahl der Teilnehmer jedoch auf acht und 1996 dann auf 16 erhöht. Die nächste Auflage, die Frankreich 2016 ausrichten wird, wird erstmalig von 24 Teilnehmern bestritten werden. Deutschland (bzw. die Bundesrepublik Deutschland) ist mit elf Teilnahmen bisher am häufigsten bei der EM vertreten gewesen; seit 1972 haben die Deutschen außerdem kein Turnier verpasst. Deutschland und der aktuelle Titelverteidiger Spanien sind mit je drei Titelgewinnen gemeinsam Rekordsieger der Europameisterschaft.

Der Höhepunkt der UEFA EURO 2014: Iker Casillas, der Mannschaftskapitän der siegreichen Spanier, streckt den Henri-Delaunay-Pokal in den Nachthimmel. Das 4:0 seiner Mannschaft gegen die Italiener war der bisher höchste Sieg im Finale einer EURO.

UEFAEURO2012

UEFA Europameisterschaft: Mannschaften

Torlawine

Die bisher torreichste EM-Partie gab es 1960, als Frankreich im Halbfinale mit 4:5 gegen Jugoslawien unterlag. Jugoslawien wiederum verlor 2000 mit 1:6 gegen die Niederlande – eine der höchsten EM-Niederlagen. Immer noch Bestand hat der Rekord, den Deutschland in der Qualifikation zur UEFA EURO 2008 aufstellte, als man San Marino eine 13:0-Klatsche verpasste. San Marino hält einen weiteren unerwünschten Rekord, denn sie verloren alle ihre 56 EM-Qualifikationsspiele.

Elfmeter

Bisher sind 15 EM-Partien durch Elfmeterschießen entschieden worden. England und die Niederlande halten den Rekord für die meisten verlorenen Elfmeterschießen: Je viermal traten sie schon an und je dreimal scheiterten sie. Auf eine 100-prozentige Erfolgsquote können nur Tschechien (alle drei gewonnen) und die Türkei (2008 das bisher einzige gewonnen, siehe oben) stolz sein.

Gegentore

Bei der UEFA EURO 2000 stellte Jugoslawien mit 13 Gegentreffern einen neuen Rekord auf. Drei dieser Treffer wurden von Slowenien erzielt, das am 13. Juni 2000 in einem Gruppenspiel zunächst mit 0:3 zurücklag, dann aber noch ein 3:3-Unentschieden zustande brachte – die beste Aufholjagd in der Geschichte der Europameisterschaft. Die bisher beste Defensivleistung zeigte Spanien: Bei der UEFA EURO 2012 ließ es in seinen sechs Spielen bis zum Titelgewinn nur einen Gegentreffer zu.

EM-Titelverteidiger

Spanien ist das einzige Land, dem in der Europameisterschaft eine Titelverteidigung gelungen ist: Nach 2008 triumphierte es 2012 erneut. Acht seiner Spieler, zu denen u. a. David Silva, Xavi und Andrés Iniesta gehörten, traten in beiden Turnieren an, und der Torhüter Iker Casillas hält mit elf Partien den Rekord für die meisten EM-Einsätze als Kapitän.

Für eine der bisher größten Überraschungen in der EM-Geschichte sorgte 2004 Griechenland: Das als Außenseiter gehandelte Land schlug – vor allem dank seiner starken Abwehr – Frankreich, Tschechien und im Endspiel Portugal jeweils mit 1:0.

Gastgeber und Endspielteilnehmer der UEFA Europameisterschaft

Jahr	Gastgeber	Endspiel
1960	Frankreich	Sowjetunion – Jugoslawien 2:1 n.V.
1964	Spanien	Spanien – Sowjetunion 2:1
1968	Italien	Italien – Jugoslawien 2:0 (Wdhlsp.)
1972	Belgien	BRD – Sowjetunion 3:0
1976	Jugoslawien	Tschechoslowakei – BRD 5:3 i.E.
1980	Italien	BRD – Belgien 2:1
1984	Frankreich	Frankreich – Spanien 2:0
1988	BRD	Niederlande – Sowjetunion 2:0
1992	Schweden	Dänemark – Deutschland 2:0
1996	England	Deutschland – Tschechien 2:1 (nach G.G.)
2000	Belgien/ Niederlande	Frankreich – Italien 2:1 (nach G.G.)
2004	Portugal	Griechenland – Portugal 1:0
2008	Österreich/ Schweiz	Spanien – Deutschland 1:0
2012	Polen/Ukraine	Spanien – Italien 4:0

UEFA Europameisterschaft: Spieler

Die meisten Spiele

Der Torhüter Edwin van der Sar aus den Niederlanden und der Abwehrspieler Lilian Thuram aus Frankreich sind mit je 16 Spielen in vier Turnieren die Rekordspieler der UEFA Europameisterschaft. Der Mittelfeldspieler und Libero Lothar Matthäus aus Deutschland bestritt ebenfalls vier EMs, aber über 20 Jahre verteilt (1980, 1984, 1988, 2000). Als er bei der UEFA EURO 2000 mit dem Gruppenspiel gegen Portugal seinen 150. und letzten Länderspieleinsatz absolvierte, war er mit 39 Jahren und 91 Tagen der älteste Spieler, der je an dem Turnier teilgenommen hat.

Perfekter Platini

Mit seinen neun Treffern, die er bei der UEFA EURO 1984 für Frankreich erzielte, ist Michel Platini nicht nur der beste EM-Torschützenkönig, sondern auch der Rekordtorschütze der EM – obwohl er nicht im Sturm, sondern im Mittelfeld agierte. Zu den neun Treffern gehören auch die drei Tore des schnellsten Dreierpacks (und bisher auch einzigen »lupenreinen« Hattricks) der EM-Geschichte, den er im Spiel gegen Jugoslawien in nur 18 Minuten erzielte.

Disziplinarangelegenheiten

Georgios Karagounis (links, im weißen Trikot) hat die meisten Verwarnungen der Europameisterschaft kassiert – in drei Turnieren sah er insgesamt acht Gelbe Karten. Nur ein einziger Spieler, Radoslav Látal aus Tschechien, wurde bei der EM schon zweimal vom Platz gestellt (1996, 2000). Der einzige Spieler, der bisher in einem EM-Finale vorzeitig zum Duschen geschickt wurde, ist der Franzose Yvon Le Roux, der 1984 gegen Spanien die Gelb-Rote Karte sah.

Lilian Thuram ist mit 142 Einsätzen Rekordnationalspieler von Frankreich. Er wurde 2000 Europameister und führte bei der UEFA EURO 2008 »Les Bleus« in ihren ersten beiden Partien als Mannschaftskapitän an.

Jungspund

Der niederländische Trainer Bert van Marwijk sorgte bei der UEFA EURO 2012 für eine Überraschung, als er mit Jetro Willems einen Teenager auf der Innenverteidigerposition spielen ließ. Willems hatte sein Nationalmannschaftsdebüt Ende Mai 2012 bei einem Freundschaftsspiel gegeben. Nur knapp zwei Wochen später wurde der junge Linksverteidiger mit 18 Jahren und 71 Tagen zum jüngsten EM-Spieler aller Zeiten.

Schnellster und spätester Treffer

Bei der UEFA EURO 2004 erzielte der Russe Dmitri Kiritschenko im Gruppenspiel gegen Griechenland nur 67 Sekunden nach dem Anstoß das schnellste EM-Tor. Das späteste EM-Tor fiel bei der UEFA EURO 2008: Im Viertelfinale gegen Kroatien erzielte der Türke Semih Şentürk in der Nachspielzeit der Verlängerung noch das 1:1-Ausgleichstor.

UEFA Europameisterschaft: Weitere Rekorde

Kopf oder Zahl?

1968 wurde der Sieger des Halbfinales zwischen Italien und der Sowjetunion mittels Münzwurf ermittelt, nachdem es auch nach der Verlängerung 0:0 stand (Elfmeterschießen gab es noch nicht). Der Schiedsrichter führte den Wurf in seiner Kabine mit den Verbandspräsidenten der beiden Länder durch. Italien zog als Gewinner in das Finale gegen Jugoslawien ein. Das gewann es im Wiederholungsspiel mit 2:0 und holte so seinen ersten und bisher einzigen EM-Titel.

Supertrainer

Drei Trainer haben bei der EM schon mehr als eine Mannschaft gecoacht: Guus Hiddink (die Niederlande 1996, Russland 2008), Giovanni Trapattoni (Italien 2004, Irland 2012) sowie Dick Advocaat (die Niederlande 2004, Russland 2012). Trapattoni rückte 2012 mit 73 Jahren zum ältesten Trainer der EM auf.

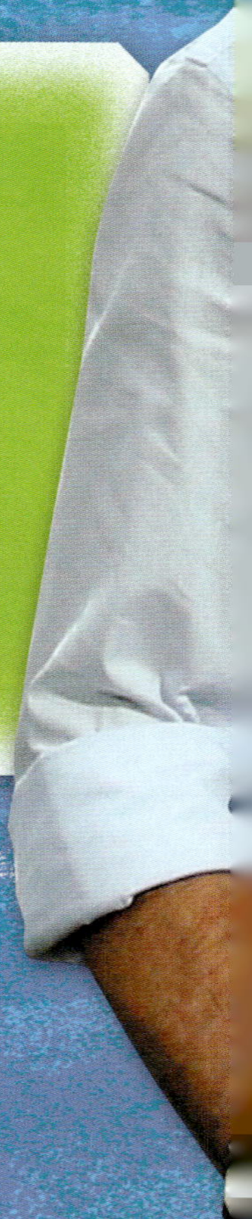

Besucherrekorde

Die wohl niedrigste Zuschauerzahl gab es bei der EM von 1964: Das Spiel Ungarn gegen Dänemark wollten nur 3869 Menschen sehen, die im riesigen Camp Nou, das auch das Heimstadion des FC Barcelona ist, herumgeisterten. Das Endspiel, das im Bernabéu von Real Madrid abgehalten wurde und bei dem Spanien die Sowjetunion schlug, verzeichnete dagegen mit 79115 Zuschauern eine der bisher höchsten Besucherzahlen.

Dauerbrenner

Der Schwede Lars Lagerbäck ist der einzige Trainer, der schon bei drei Europameisterschaften die gleiche Mannschaft betreute (2000, 2004, 2008). Mit Anders Frisk (rechts) hat ein weiterer Schwede mehr EM-Spiele als jeder andere Schiedsrichter gepfiffen: Schon achtmal oblag ihm die Leitung einer EM-Partie, darunter viermal bei der UEFA EURO 2004. Frisk und der dänische Unparteiische Kim Milton Nielsen sind die einzigen Schiedsrichter, die schon bei drei EM-Turnieren auf dem Platz das Sagen hatten.

Jogi Löw führte die deutsche Nationalmannschaft ins Finale der UEFA EURO 2008, wo sie gegen Spanien unterlag. Das Ticket für die UEFA EURO 2012 löste Löws Team dann mit zehn Siegen aus zehn Qualifikationsspielen. Bei dem Turnier selbst kam die Mannschaft bis ins Halbfinale, wo sie knapp gegen Italien unterlag.

Rekordtrainer

Berti Vogts und Jogi Löw sind mit je elf EM-Endrundenpartien die Rekordtrainer der Europameisterschaft. Löw führte die deutsche Nationalmannschaft bei den EM-Turnieren von 2008 und 2012, Berti Vogts saß bei den Auflagen von 1992 und 1996 auf der Trainerbank. Vogts ist immer noch der Einzige, der die UEFA Europameisterschaft schon als Spieler (1972) und als Trainer (1996) gewonnen hat.

Golden Goals

Die EM-Endspiele von 1996 (Tschechien – Deutschland, 1:2) und 2000 (Frankreich – Italien, 2:1) wurden durch »Golden Goal« entschieden. Diese – 2004 wieder abgeschaffte – Regel sah vor, dass eine Partie, die in die Verlängerung geht, von der Mannschaft gewonnen wird, die den nächsten Treffer zustande bringt, und damit auch sofort beendet ist. Die Golden-Goal-Torschützen waren 1996 Oliver Bierhoff, 2000 David Trezeguet.

Andere internationale Wettbewerbe

Viele internationale Wettbewerbe, wie z. B. die FIFA U-17-Weltmeisterschaft oder die FIFA Frauen-Weltmeisterschaft, werden von jüngeren Spielern oder Frauen bestritten. Wieder andere internationale Wettbewerbe haben einen regionalen Bezug und werden von den Fußball-Konföderationen veranstaltet, die für den jeweiligen Kontinent verantwortlich sind – dazu gehören z. B. die Afrikameisterschaft oder auch der CONCACAF Gold Cup, an dem Teams aus Nord- und Mittelamerika und der Karibik teilnehmen. Während es auf jedem Kontinent natürlich führende Fußballnationen gibt, sorgen kleinere Mannschaften doch immer wieder für Überraschungen: So gewann z. B. Kolumbien 2001 die Copa América oder wurde Burkina Faso 2013 Vize-Afrikameister.

Beim Finale des CONCACAF Gold Cup 2011: Mexikanische Spieler feiern im kalifornischen Pasadena den Titelgewinn. Mexiko war gegen die USA zuerst mit 0:2 Toren in Rückstand geraten, hatte dann die Partie aber noch gedreht und schließlich mit 4:2 gewonnen.

CAMPEONES MÉXICO
CONCACAF
adidas
copa oro

Die Copa América

Copa-América-Gastgeber

Die Copa América wurde 1916 zum ersten Mal ausgespielt und ist der älteste kontinentale Fußballwettbewerb. Er wird von der CONMEBOL veranstaltet; sie ist der Kontinentalverband, der die Fußballnationen Südamerikas vertritt. Die Copa América findet alle vier Jahre statt und ist bisher schon von zehn südamerikanischen Ländern ausgerichtet worden. Das Turnier von 2015 findet in Chile statt, das schon viermal Vize-Südamerikameister geworden ist.

Copa-América-Könige

Der Gewinn des Turniers von 2011 war für Uruguay bereits der 15. Titelerfolg in der Copa América und machte das Land zum erfolgreichsten Teilnehmer dieses Wettbewerbs. 2011 begann für Uruguay mit zwei Unentschieden, danach folgten Siege gegen Mexiko, Argentinien und Peru. Das Endspiel gegen Paraguay gewannen die »Urus« mit 3:0, wobei Luis Suárez und Diego Forlán die Treffer besorgten. Forláns Vater Pablo hatte das Turnier von 1967 als Spieler gewonnen und sein Großvater hatte den Copa-América-Titel zweimal als Trainer von Uruguay geholt (1959 und 1967).

Rekordspieler

Der chilenische Torhüter Sergio Livingstone hält mit 34 Einsätzen den Rekord für die meisten Spiele in der Copa América. Zwei Spieler haben schon an acht Auflagen des Turniers teilgenommen: der Stürmer Ángel Romano aus Uruguay und der Mittelfeldspieler Álex Aguinaga aus Ecuador (links, im gelben Trikot).

Argentinien!

Argentinien hat die Copa América schon 14-mal gewonnen – nur einmal weniger als Uruguay. Die Argentinier halten aber mit neun Turnieren den Rekord für die meisten Ausrichtungen. Sie haben außerdem den Rekord für die höchsten Klatschen inne, die sie anderen Ländern beibrachten: 1942 zerlegten sie Ecuador mit 12:0 und 1975 Venezuela mit 11:0. Bei beiden Turnieren schaffte es »die Albiceleste« (»die Weiß-Himmelblaue«) jedoch nicht, den Titel zu holen.

Bester Trainer

Nur vier Trainer haben es bisher geschafft, die Copa América mehr als einmal zu gewinnen. Der unangefochtene Topcoach des Wettbewerbs ist Guillermo Stábile, der Argentinien zu sechs Titelgewinnen geführt hat (1941, 1945, 1946, 1947, 1955, 1957). Sein Debüt als argentinischer Nationalspieler hatte er 1930 bei der Weltmeisterschaft in Uruguay gegeben; dort war der Stürmer mit insgesamt acht Treffern auch der allererste WM-Torschützenkönig.

Diego Forlán und Luis Suárez feiern den Gewinn der Copa América 2011. Die beiden führen aktuell die uruguayische Rekordtorschützenliste an: Suárez liegt mit 41 Toren auf Platz 1, während Forlán mit 36 Treffern den zweiten Rang einnimmt.

Rekordtorschützen der Copa América

Name	Tore
Norberto Méndez (Arg.)	17
Zizinho (Brasilien)	17
Teodoro Fernández (Peru)	15
Severino Varela (Uruguay)	15
Ademir (Brasilien)	13
Gabriel Batistuta (Arg.)	13
José Manuel Moreno (Arg.)	13
Jair da Rosa Pinto (Brasilien)	13
Héctor Scarone (Uruguay)	13

Die Afrika-meisterschaft

Die Pharaonen

Die ägyptische Nationalmannschaft, die »Pharaonen«, hält mit sieben Titeln den Rekord für die meisten gewonnenen Afrikameisterschaften. Sie war auch an der Partie mit den bisher meisten Toren beteiligt: 1963 schlug sie Nigeria mit 6:3. Überdies hält Ägypten den Rekord für die meisten Turnierteilnahmen: Schon 22-mal mischten die Pharaonen mit und absolvierten dabei insgesamt 90 Afrikameisterschaftspartien.

Sambia (oben) gewann 2012 in Gabun endlich seine erste Afrikameisterschaft – und zwar nur wenige Hundert Meter von dem Ort entfernt, wo 1993 das Flugzeug abgestürzt war, das die sambische Nationalelf zu einem WM-Qualifikationsspiel bringen sollte. Dabei starben 18 Mitglieder der Mannschaft.

Die Hassans haben's drauf

Als Spieler nahm Hassan Shehata zwar dreimal mit Ägypten an der Afrikameisterschaft teil, schaffte dabei aber keinen Titelgewinn. Ganz anders sah es aus, nachdem er auf die Trainerbank gewechselt war: Shehata ist der einzige Coach, der die Afrikameisterschaft schon dreimal gewonnen hat – und zwar in Folge: 2006, 2008 und 2010. 2010 wurde mit Ahmed Hassan (rechts) einer von Shehatas Spielern zum ersten Fußballer, der die Afrikameisterschaft zum vierten Mal gewann.

Samuel Eto'o ist mit je fünf Treffern schon zweimal Torschützenkönig einer Afrikameisterschaft gewesen (2006 und 2008). Der pfeilschnelle und technisch brillante Torjäger absolvierte sein erstes Spiel für Kamerun bereits im Alter von nur 15 Jahren und 364 Tagen.

Elfmeter en masse

Der Rekord für die meisten Versuche, die bisher zur Entscheidung einer Afrikameisterschaftspartie durch Elfmeterschießen gebraucht wurden, liegt bei 24. Noch erstaunlicher ist, dass diese Menge an Versuchen bereits zweimal benötigt wurde. In beiden Fällen ging die Elfenbeinküste als Sieger vom Platz: 1992 schlug sie im Endspiel Ghana und 2006 im Viertelfinale Kamerun.

Bescheidene Anfänge

An der ersten Afrikameisterschaft nahmen 1957 nur drei Länder teil: Sudan, Äthiopien und Ägypten; Letzteres holte schließlich auch den Titel. In der Zwischenzeit ist das Turnier enorm gewachsen: 51 Nationen sind zur Qualifikation für die nächste Auflage (2015 in Marokko) angetreten, um sich einen der 16 Startplätze für das Turnier zu sichern.

Rekordtorschützen der Afrikameisterschaft

Name	Tore
Samuel Eto'o (Kamerun)	18
Laurent Pokou (Elfenbeinküste)	14
Rashidi Yekeni (Nigeria)	13
Hassan El-Shazly (Ägypten)	12
Didier Drogba (Elfenbeinküste)	11
Hossam Hassan (Ägypten)	11
Patrick M'Boma (Kamerun)	11

Der CONCACAF Gold Cup

Rein amerikanisch

Der CONCACAF Gold Cup, an dem die Fußballnationen Nord- und Mittelamerikas und der Karibik teilnehmen, wurde 1991 zum ersten Mal ausgespielt; den Titel holten damals die USA, die Honduras im Endspiel besiegten. Das Turnier findet normalerweise alle zwei Jahre statt und wurde bisher immer von den USA ausgerichtet – bis auf die Turniere von 1993 und 2003, bei denen sich die USA die Gastgeberrolle mit Mexiko teilten. Mexiko hat den Gold Cup schon sechsmal gewinnen können; für die USA, die aktuell der Titelträger sind, stehen bisher fünf Turniergewinne zu Buche.

Landon Donovan aus den USA war zusammen mit seinem Teamkollegen Chris Wondolowski und dem Panamaer Gabriel Torres Rekordtorschütze des CONCACAF Gold Cup 2013.

Les Gwada Boys

24 Mannschaften haben bisher am Gold Cup teilgenommen, darunter auch so kleine Inselstaaten wie Jamaika oder Martinique. 2007 sorgte die Nationalmannschaft von Guadeloupe – das ist eine Gruppe von neun Karibikinseln, die zu Frankreich gehören und nicht einmal 400 000 Einwohner zählen – für großes Aufsehen, als sie das Halbfinale erreichte. Dort unterlagen »Les Gwada Boys« allerdings knapp mit 0:1 gegen Mexiko.

Clive Naive Murray (links, im gelben Trikot) aus Grenada verewigte sich in den Rekordbüchern, als er 2011 im Spiel gegen Honduras sein Team mit 1:0 in Führung brachte. Der Treffer ist das einzige Gold-Cup-Tor, das Grenada bisher erzielen konnte. Nach acht Minuten schlug Honduras zurück und verpasste Grenada eine 1:7-Packung. Grenada hat alle sechs Gold-Cup-Partien verloren, die es bisher bestritten hat; dabei hat es insgesamt 25 Gegentreffer kassiert.

Die Torschützenkönige

Zwei Mexikaner sind die bisher einzigen Spieler, die es schon auf mehr als sechs Treffer bei einer Gold-Cup-Auflage gebracht haben (und damit jeweils auch Torschützenkönig des Turniers wurden): Javier Hernández (rechts, Bildmitte) traf 2011 siebenmal, sein Landsmann Roberto Alves netzte 1993 elfmal ein.

Titelgewinner des CONCACAF Gold Cups

Jahr	Land	Jahr	Land
1991	USA	2005	USA
1993	Mexiko	2007	USA
1996	Mexiko	2009	Mexiko
1998	Mexiko	2011	Mexiko
2000	Kanada	2013	USA
2002	USA		
2003	Mexiko		

Lospech

Beim Turnier von 2002 sorgte ein 2:0-Sieg von Ecuador gegen den damaligen Titelträger Kanada dafür, dass alle drei Mannschaften der Gruppe D nach der Vorrunde dieselbe Punktzahl (je 3) und auch dasselbe Torverhältnis (je 2:2) aufwiesen. Daher wurde per Losentscheid festgestellt, welche zwei der drei Mannschaften weiterkommen würden. Dabei hatten Haiti und Kanada Glück – und Ecuador das Nachsehen.

Die FIFA Frauen-Weltmeisterschaft

Letzter Drücker

Nur vier Länder haben bisher die FIFA Frauen-WM, die seit 1991 ausgetragen wird, gewonnen: die USA (1991, 1999), Deutschland (2003, 2007), Norwegen (1995) und Japan (2011). Homare Sawa aus Japan sorgte 2011 im Endspiel gegen die USA mit ihrem 2:2-Ausgleichstreffer dafür, dass das Match durch Elfmeterschießen entschieden wurde. Dabei hielt die japanische Torhüterin Ayumi Kaihori zwei Versuche der USA und hatte maßgeblichen Anteil daran, dass ihr Team den Titel holte – und so erstmals ein Land aus Asien.

Jungspund

2003 wurde die Russin Jelena Danilowa zur jüngsten Torschützin der FIFA Frauen-Weltmeisterschaft. Als sie im Viertelfinale gegen Deutschland traf, war sie erst 16 Jahre und 96 Tage alt. Das bisher schnellste Tor des Wettbewerbs wurde 1991 erzielt: Beim 8:0-Sieg der Schwedinnen über die Japanerinnen schoss Lena Videkull nur 30 Sekunden nach dem Anstoß den Führungstreffer.

Bei der FIFA Frauen-Weltmeisterschaft 2011: Die japanische Mannschaftskapitänin Homare Sawa streckt den Pokal in die Höhe. Es war im 26. Anlauf der erste Sieg der Japanerinnen über die Amerikanerinnen gewesen!

Erst Flop, dann top

Norwegen und China bestritten am 16. November 1991 die allererste Partie der FIFA Frauen-Weltmeisterschaft. Dabei verloren die Norwegerinnen mit 0:4 gegen das Frauenteam des damaligen Gastgeberlandes. Doch gleich in ihrem nächsten Spiel kamen sie zurück und schlugen Neuseeland mit 4:0. Danach gewannen sie alle 15 WM-Spiele, die sie in der Folge bestritten.

Rekord-Lilley

Fünf Spielerinnen haben schon an jeweils fünf FIFA Frauen-WMs teilgenommen, doch von allen hat Kristine Lilley die meisten WM-Partien absolviert – 30-mal ist sie in dem Wettbewerb aufgelaufen. Mit 352 Einsätzen für die USA, in denen sie 130 Tore erzielte, hält sie den Rekord für die meisten Fußballländerspiele überhaupt.

Keks und Krümel

Die deutsche Rekordtorschützin Birgit Prinz hatte maßgeblichen Anteil daran, dass Deutschland das Turnier von 2003 gewann (wo sie mit sieben Treffern Torschützenkönigin war) und 2007 den Titel verteidigte. 2007 erzielten sie und Sandra Smisek (alias »Keks und Krümel«) beim 11:0-Kantersieg gegen die Frauen aus Argentinien je einen Dreierpack. Dieses Spiel stellt sowohl das bisher torreichste Spiel als auch den bisher höchsten Sieg in der Geschichte der FIFA Frauen-WM dar.

Rekordtorschützinnen der FIFA Frauen-Weltmeisterschaft

Name	Tore
Marta (Brasilien)	14
Birgit Prinz (Deutschland)	14
Abby Wambach (USA)	13
Michelle Akers (USA)	12
Sun Wen (China)	11
Bettina Wiegmann (Deutschland)	11

TEIL 3: AUSZEICHNUNGEN

Fußball ist zwar eine Mannschaftssportart, doch manche Spieler übertreffen mit ihrer Leistung ihre Teamkameraden und Gegner und entwickeln sich zu echten Matchwinnern. Diejenigen, die bei einem Wettbewerb Spiel für Spiel außergewöhnliche Leistungen zeigen, kommen für eine der wichtigen Auszeichnungen infrage. Bei einigen dieser Ehrungen stimmen Berufsfußballer über die Preisträger ab, bei anderen wird die Entscheidung entweder durch Gremien aus Trainern, Sportjournalisten und anderen Fachleuten getroffen oder per Online-Abstimmungen durch Fans gefällt. Doch wie immer der Preisträger auch ermittelt werden mag, solche Auszeichnungen stellen eine große Ehre dar. Die namhafteste von allen ist der »FIFA Ballon d'Or«, mit dem jährlich der weltbeste Fußballer geehrt wird.

Zehn der elf Spieler, die in die »FIFA/FIFPro World XI«-Traumelf von 2013 gewählt wurden (2014 bei der Preisverleihung): Lionel Messi, Zlatan Ibrahimović, Cristiano Ronaldo, Franck Ribéry und Xavi (oben, von links nach rechts) sowie Dani Alves, Thiago Silva, Sergio Ramos, Philipp Lahm und Torhüter Manuel Neuer (unten, von links nach rechts).

Der FIFA Ballon d'Or

Preisträger

Die Auszeichnung »FIFA Ballon d'Or« wurde 1956 unter dem Namen »Ballon d'Or« von der französischen Fußball-Fachzeitschrift »France Football« ins Leben gerufen. Der erste Preisträger war Sir Stanley Matthews, und er ist auch der älteste: Als er geehrt wurde, war er 41 Jahre alt; danach absolvierte er noch neun weitere Jahre in der englischen ersten Liga. Der brasilianische Stürmer Ronaldo war dagegen erst 21 Jahre alt, als er 1997 ausgezeichnet wurde.

Weltfußballerin des Jahres

Seit ihrer Einführung im Jahr 2001 haben zwei Spielerinnen diese Auszeichnung beherrscht: Marta hat sie 2006 bis 2010 fünfmal in Folge erhalten. Birgit Prinz kam bei vier dieser fünf Ehrungen jeweils auf den zweiten Platz (2007–2010), hatte davor jedoch die Auszeichnung dreimal in Folge erhalten (2003–2005). Außer einer Spielerin waren alle bisherigen Preisträgerinnen, darunter auch die Amerikanerinnen Mia Hamm und Abby Wambach, Stürmerinnen. Das änderte sich erst 2013, als mit Nadine Angerer aus Deutschland (rechts) zum ersten Mal eine Torhüterin die Auszeichnung erhielt.

Weltfußballer

Lionel Messi war 2009 der letzte Spieler, der den ursprünglichen »Ballon d'Or« – seit 2007 gleichbedeutend mit dem Titel »Weltfußballer des Jahres« – erhielt. 2010 wurde diese Auszeichnung mit dem FIFA-eigenen Preis »Weltfußballer des Jahres« zusammengeführt. Auch im Rahmen des neuen »FIFA Ballon d'Or« räumte Messi 2010, 2011 und 2012 den Titel des Weltfußballers des Jahres ab. 2013 wurde er Zweiter hinter dem Portugiesen Cristiano Ronaldo, der selbst schon zweimal hinter Messi Zweiter geworden war (2011 und 2012).

Cristiano Ronaldo präsentiert vor dem Spiel seines Real Madrid gegen den FC Granada stolz die Trophäe, die er im Januar 2014 beim »FIFA Ballon d'Or« anlässlich seiner Wahl zum Weltfußballer des Jahres erhalten hat. Der Preis war die Krönung der für ihn höchst erfolgreichen Saison 2012/13, in der er in 55 Spielen 55-mal für Real getroffen hatte.

Spitzentrainer

Der »Ballon d'Or« hat sich zu einer Preisverleihungszeremonie entwickelt, bei der heute auch die besten Trainer und Nachwuchsspieler ausgezeichnet werden. Deutschland räumte 2013 in der Sparte Trainer doppelt ab: Der FC-Bayern-Coach Jupp Heynckes (oben) wurde »Trainer des Jahres (Männer)«, und Silvia Neid, die 2013 als Trainerin das deutsche Frauenteam zu seinem sechsten EM-Titel in Folge geführt hatte, wurde »Trainer des Jahres (Frauen)«.

Mehrfachsieger

Neben Lionel Messi, der die Auszeichnung schon viermal gewonnen hat, waren drei Spieler dreimal Weltfußballer des Jahres: Johan Cruyff, Michel Platini und Marco van Basten, wobei Platini der Einzige ist, der das dreimal in Folge schaffte (1983–1985). Fünf Spieler haben den Preis zweimal gewonnen: Franz Beckenbauer, Alfredo di Stéfano, Kevin Keegan, Ronaldo und Karl-Heinz Rummenigge.

FIFA WM-Auszeichnungen

Goldener Ball

Seit der WM 1982 in Spanien wird dem herausragenden Spieler des Turniers von der FIFA der Goldene Ball verliehen. Unter den bisher neun Gewinnern der Trophäe finden sich einige der bekanntesten Spieler ihrer jeweiligen Zeit: Diego Maradona (1986), Ronaldo (1998) oder auch Zinédine Zidane (2006). Bis auf ein einziges Mal wurde diese Auszeichnung immer an Feldspieler vergeben. Nur bei der WM 2002 in Südkorea und Japan konnte sie mit Oliver Kahn ein Torwart gewinnen.

Goldener Schuh

Diese Auszeichnung wird an den erfolgreichsten Torschützen einer WM-Endrunde vergeben. Bisher hat sie noch kein Spieler zweimal erhalten. Seit dem Turnier von 1994, bei dem Christo Stoitschkow und Oleg Salenko mit je sechs Treffern die Auszeichnung noch gemeinsam bekamen, wird der Preis nicht mehr geteilt: Falls heute zwei Spieler gleich viele Tore aufweisen, enthält ihn derjenige, der mehr Assists geleistet hat. 2014 gewann James Rodríguez (oben) den Preis mit sechs Treffern in fünf Spielen. Kurz nach der WM wechselte der Kolumbianer für 80 Millionen Euro zu Real Madrid.

Goldener Handschuh

Der Preis für den besten Torhüter einer WM-Endrunde hieß bis 2006 »Lew-Jaschin-Preis«. 1994 bekam ihn Michel Preud'homme aus Belgien, obwohl sein Land bereits im Achtelfinale gegen Deutschland gescheitert war. Die bisher sechs Auszeichnungen gingen alle an Torhüter aus Europa, darunter auch an Manuel Neuer aus Deutschland (2014).

Frauen-WM

Bei der FIFA Frauen-WM werden ähnliche Preise vergeben. Die Torhüterin Hope Solo aus den USA (rechts) erhielt 2011 den Goldenen Handschuh. Die japanische Kapitänin Homare Sawa räumte 2011 sowohl den Goldenen Ball (beste Spielerin) als auch den Goldenen Schuh (beste Torschützin) ab – das hatten vor ihr auch schon die Stürmerinnen Marta aus Brasilien (2007) und Birgit Prinz aus Deutschland (2003) geschafft.

Iker Casillas, der nach dem Turnier mit dem Goldenen Handschuh ausgezeichnet wurde, räumt im Endspiel der FIFA WM 2010 mit einer spektakulären Flugeinlage den Ball vor Robin van Persie ab. Casillas führte sein Land als Kapitän zum Titel und ließ im ganzen Turnier nur zwei Gegentreffer zu.

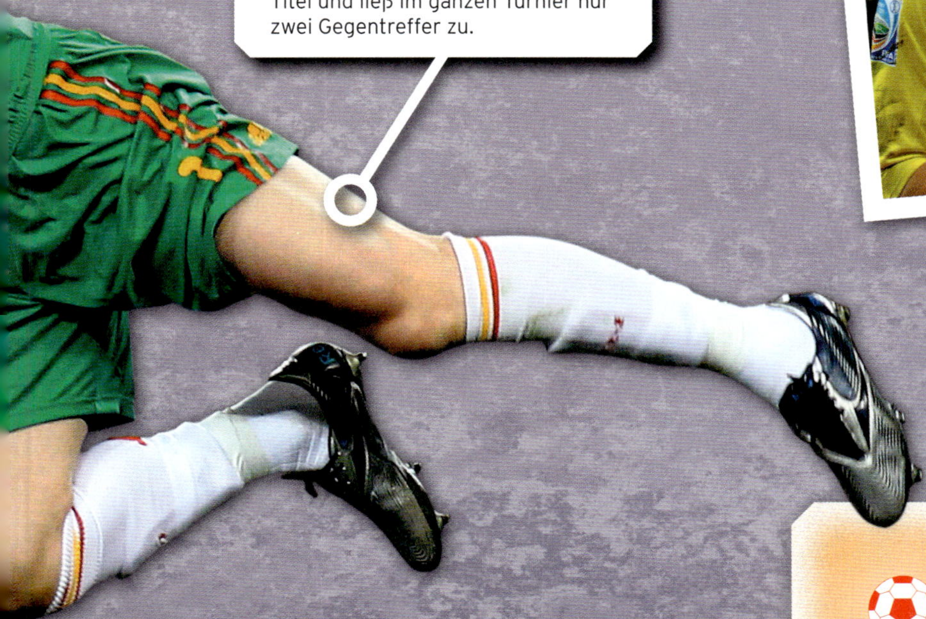

All-Star-Team

Das »All-Star-Team« stellt die Auswahl der elf besten Spieler einer WM-Endrunde dar. 1930 stellte Uruguay sieben ihrer Mitglieder und hält damit den Rekord für die meisten Spieler aus einem Land. Darunter war auch der Stürmer Héctor Castro, der in seiner Jugend bei einem Unfall seinen rechten Unterarm verloren hatte. Franz Beckenbauer (1966, 1970, 1974) und Djalma Santos (1954, 1958, 1962) sind die einzigen Spieler, die dreimal zur All-Star-Auswahl gehörten.

Fußballer des Jahres

England und Schottland

Fünf Spieler erhielten in England die Auszeichnung »Professional Footballers' Association Players' Player of the Year« schon zweimal: Mark Hughes, Alan Shearer, Thierry Henry, Cristiano Ronaldo und Gareth Bale. 2014 bekam der uruguayische Stürmer Luis Suárez vom FC Liverpool den Preis. Bei der schottischen Auszeichnung »Professional Footballers' Association Scotland Players' Player of the Year« stellt Celtic Glasgow bisher mit 19 ausgezeichneten Spielern mehr Preisträger als jeder andere Verein.

Deutschlands Fußballer des Jahres

Die Auszeichnung wird seit 1960 jährlich vergeben. Der erste ausländische Titelträger war 2004 der brasilianische Stürmer Aílton von Werder Bremen. Er unterbrach die Serie von Michael Ballack (Bayer 04 Leverkusen/FC Bayern München), der in beiden Jahren davor und im Jahr danach geehrt wurde und der bisher letzte Spieler war, der die Auszeichnung schon dreimal erhalten hat; vor ihm schafften das Uwe Seeler (1960, 1964, 1970) und Sepp Maier (1975, 1977, 1978). Franz Beckenbauer führt die Rangliste mit vier Titeln an (1966, 1968, 1974, 1976). 2013 ging der Preis an Bastian Schweinsteiger und damit nach Arjen Robben, der 2010 erfolgreich war, erneut an einen Spieler vom FC Bayern München.

Afrikas Fußballer des Jahres

Dieser Preis wurde im Jahr 1992 zum ersten Mal vom afrikanischen Fußballverband CAF verliehen und Abédi Pelé war der erste Titelträger. 2014 triumphierte Yaya Touré (rechts), der Mittelfeldmotor von Manchester City und der ivorischen Nationalelf. Er ist erst der zweite Spieler, der die Auszeichnung schon dreimal in Folge erhalten hat. Vor ihm gelang das nur dem kamerunischen Stürmer Samuel Eto'o, der den Preis insgesamt viermal bekam.

Die Niederlande und Spanien

Martin Haar vom HFC Haarlem war 1982 der erste Fußballer des Jahres der Niederlande. Vier Spieler erhielten die Auszeichnung zweimal: Frank Rijkaard, Gerald Vanenburg, Dirk Kuyt und Danny Blind. Blinds Sohn Daley war 2014 der Sieger, womit zum ersten Mal Vater und Sohn (unten) als Preisträger verzeichnet sind.
In Spanien wird eine offizielle Auszeichnung zum Fußballer des Jahres erst seit 2008/09 von der LFP (»Liga Nacional de Fútbol Profesional«) vergeben; alle Titel gingen bisher an Lionel Messi.

Zlatan Ibrahimović präsentiert seine Auszeichnungen »Bester Spieler der Ligue 1 2012/13« und »Schönstes Tor der Ligue 1 2012/13«, die er 2014 von der französischen Fußballergewerkschaft UNFP erhalten hat. Der Stürmer hält mit acht Titeln auch den Rekord für die meisten Auszeichnungen als Schwedens Fußballer des Jahres.

Frankreich und Italien

Der erste Titelträger der von der französischen Fußballergewerkschaft UNFP vergebenen Auszeichnung »Bester Spieler der Ligue 1« war 1994 David Ginola von PSG. Mit Zlatan Ibrahimović erhielt 2014 ein weiterer PSG-Spieler diese Auszeichnung bereits zum zweiten Mal in Folge; Ibrahimović ist auch der Einzige, der schon dreimal zu Italiens Fußballer des Jahres gewählt wurde (2008, 2009, 2011). Gianluigi Buffon ist mit acht Titeln der Rekordpreisträger der Auszeichnung »Serie-A-Torhüter des Jahres«, die seit 1997 in Italien vergeben wird.

Bildnachweis

Der Verlag dankt den folgenden Personen, Fotoagenturen und Institutionen für die freundliche Genehmigung für den Abdruck der Bilder in diesem Buch. Für jedes Bild ist jeweils die Seitenzahl angegeben, auf der es im Buch erscheint. Abkürzungen: o = oben, u = unten, l = links, r = rechts, M = Mitte

Umschlag: Vorderseite: Getty Images: • David Ramos: ul • Joel Auerbach: or; imago sportfoto: • Jan Hübner: ol • Chai v.d. Laage: uM • Gribaudi/ImagePhoto: ur; Rückseite: Getty Images: • Andrew Yates/AFP: ol • Dani Pozo/AFP: ul • Lars Baron/FC Bayern: r

Action Images: Sporting Pictures: 31r

Getty Images: • AFP: 95or • Allsport: 106 • Vanderlei Almeida/AFP: 82–83 • Raul Arboleda/AFP: 83or • The Asashi Shimbun: 74–75 • Lars Baron: 8–9, 98l • Lars Baron/Bongarts: 22ul, 25, 123or • Lars Baron/FC Bayern: 2, 23 • Robyn Beck/AFP: 110–111, 117or • Sandra Behne/Bongarts: 81or • Giuseppe Bellini: 34–35 • Al Bello: 116 • John Berry: 42–43, 44–45, 122 • Jorge Blanco/Latin Content: 77r • Bongarts: 21u • Lutz Bongarts: 67or • Shaun Botterill: 4, 16–17, 62–63, 66–67, 92–93 • Gabriel Bouys/AFP: 39l • Frederic J. Brown/AFP: 117M • Chris Brunskill: 1, 88–89, 91M • Giuseppe Cacace/AFP: 36l, 80–81 • Chung Sung-Jun: 68–69 • Robert Cianflone: 94–95 • Jean-Pierre Clatot/AFP: 49o • Fabrice Coffrini/AFP: 120–121 • Phil Cole: 107u • Nuno Correia: 59or • Helios de la Rubia/Real Madrid: 28l • Sebastiao de Souza/AFP: 113o • Adrian Dennis/AFP: 100ur • Denis Doyle: 26–27, 30–31, 123l • Fred Dufour/AFP: 47ur, 48ul • Paul Ellis/AFP: 14ur • Epsilon: 50–51 • Tony Feder: 76 • Gianni Ferrari/Cover: 32l • Franck Fife/AFP: 45or, 109or, 114r • Stu Forster: 101 • Stuart Franklin/Bongarts: 21ol • Quique Garcia/AFP: 28–29 • Laurent Gillieron/AFP: 99or • Otto Greule Jr.: 73 • Laurence Griffiths: 18–19 • Dennis Grombkowski/Bongarts: 24ul • Gianluigi Guercia/AFP: 114u • Scott Halleran: 72 • Masashi Hara: 74r, 75or • Ronny Hartmann/AFP: 104ul • Richard Heathcote: 16l, 86–87 • Jean-Marie Hervio/AFP: 127l • Mike Hewitt: 91u, 100l, 125or • Andreas Hillergren/EuroFootball: 53or • Jose Jordan/AFP: 29or • Jasper Juinen: 30 , 62l, 102–103, 105o • Bulent Kilic/AFP: 54–55 • Andre Kosters/AFP: 57l • Xavier Laine: 47l • Oliver Lang/DDP: 65or • Christopher Lee: 124l • Alex Livesey: 10–11, 15o, 58, 63or, 126 • Alexandre Loureiro: 71ol • Gabriele Maltinti: 41o • Jordan Mansfield: 59l • Angel Martinez/Real Madrid: 60–61 • Jamie McDonald: 96, 108 • Buda Mendes: 70–71, 90 • Philippe Merle/AFP: 48–49 • Aris Messinis/AFP: 52 • Olivier Morin/AFP: 36–37, 39r • Beate Müller/Bongarts: 40 • New Press: 38, 41u • Martin Peters/Manchester United: 67l • Joern Pollex: 109u • Anne-Christine Poujoulat/AFP: 44l • Andrew Powell/FC Liverpool: 17or • Dani Pozo/AFP: 33 • Cristina Quicler/AFP: 32ur • Ben Radford: 94l, 105u • David Rogers: 57or • Miguel Rojo/AFP: 77l • Rolls Press/Popperfoto: 22o • Clive Rose: 15or, 124–125 • Martin Rose: 65l • Valentino Rossi/LatinContent: 112–113 • Issouf Sanogo/AFP: 115 • Miguel Schincariol/AFP: 82ul • Antonio Scorza/AFP: 70l, 97u • Fadel Senna/AFP: 85 • Thananuwat Srirasant: 78–79 • Michael Steele: 92l • Patrik Stollarz/AFP: 97o, 98–99, 118–119 • Boris Streubel: 119o • Bob Thomas: 24r • Mark Thompson: 14l • John Thys/AFP: 64 • VI-Images: 53u, 55or, 56, 107o, 127r • Angelika Warmuth/AFP: 20–21 • Jim Watson/AFP: 12l • Thomas Wirth/AFP: 46 • Andrew Yates/AFP: 12–13, 13l • Lintao Zhang: 84

Es wurde jede Anstrengung unternommen, die Bildnachweise korrekt zu erstellen und die Copyright-Inhaber aller Bilder zu ermitteln. Der Originalverlag entschuldigt sich für alle unvollständigen Angaben und wird gegebenenfalls Korrekturen in zukünftigen Ausgaben vornehmen.